小麦の法廷

Komugi's Court

木内一裕

kazuhiro kiuchi

講談社

Komugi's Court

目次

優しく、厳しく、面白く、タフで、パワフルで、お茶目だった
仙元誠三氏へ――

小麦の法廷

Komugi's Court

cover illustration : Kazuhiro Kiuchi
design : Hitoshi Horiike (Yukogei Inc.)

Komugi's Court

第1章 小麦のお仕事

1

インターホンのボタンを押しても応答はなかった。

午後四時の、東雲《しののめ》の外れのちっぽけな倉庫が建ち並ぶ一角は、日曜だからなのかほとんど交通量もなく静まり返っていた。

やがてドアのロックが解除される音が響いた。ダズは薄い革手袋をした右手でノブを回して、重たいスチール製のドアを引き開ける。

中のモルタル剝き出しの廊下には、何度か顔を見たことがある坊主頭の男が立っていた。名前は知らない。ただ黙ってこっちを見ている。

「よお」

ダズは気安く声をかけた。

坊主頭はそれには応えず、奥に向かって顎《あご》をしゃくるとダズに背中を見せて歩き出した。少し緊張しているように見える。嫌な予感がした。

ダズは両手を革コートのポケットに突っ込んで、坊主頭のあとを追って歩いた。

もちろんダズというのは本名ではない。中学のころから周囲からはそう呼ばれてきた。三十を過ぎたいまとなっては、なぜそんなあだ名がついたのかは永遠の謎でしかなかった。

廊下の突き当りを右に折れるとガラスのドアがあった。ここがオフィスなのだろう。坊主頭に続いて中に入ると、二十畳ほどの部屋の奥の大きな木製のテーブルの向こうに安東《あんどう》が座っているのが見えた。

「時間通りだな」

薄笑いを浮かべて安東が言った。五十を過ぎた小太りの親父だ。その左脇に立つ、四十代半ばの痩せた男が無表情にこっちを見ていた。安東グループのナンバー２《ツー》である木崎《きざき》だ。

「手早く済ませたい。カネの用意はできてるか？」

ダズは言った。安東がフッ、と鼻を鳴らした。

「悪いが、カネは払わないことにした」

「あ？」

やはりトラブル発生だ。ダズは革コートの右ポケットの中でリボルバーの銃把《グリップ》を握り締めた。

「仕事はちゃんとやった。残金を払わねえってのはどういうつもりだ？」

「だが結果は満足できるものじゃなかった」

安東は事も無げに言った。

「あの程度の仕事なら、前金の分だけで充分だろ？」

「駆け引きのつもりか知んねえが、いまさらそんな寝言は言わねえほうがいい。大事《おおごと》になるぜ」

ダズはリボルバーを抜くタイミングを計りながら言った。だが、できることなら銃は使わずに済ませたかった。

「どう大事になるのか、見てみてえな」

木崎が言った。冷ややかな声だった。

「じゃあ、そっちの言ってることをそのままウチの社長に伝えていいんだな？」

ダズは右手ではなく、左手で摑んだスマートフォンを抜き出した。

「社長に向かって同じことを言えるもんなら言ってみろ」

「そうはならないんだ」

安東は楽しそうだった。

「ウチが払った残金の千五百万を、お前が持ち逃げしたって話になるんだよ」

「あ？」

「そしてお前は永久に見つからないんだ」

「…………」

そのときダズの顳顬《こめかみ》に硬い物が当たった。横目で見ると、坊主頭が伸ばした右腕の先の拳銃を押し当てているのがわかった。恐怖よりも、屈辱のほうがデカかった。

「右手をゆっくりとポケットから出せ」

坊主頭が言い終わるより先に、ダズは右手を抜いて引き金を引いていた。安東の頭が弾けた。そのまま銃を振って坊主頭に向き直る。二つの銃声が重なった。

坊主頭の自動拳銃《オートマチック》から放たれた銃弾はダズの左耳のすぐ脇を通過してどこかへ消えた。骨盤を撃ち抜かれた坊主頭が絶叫とともに倒れ込む。

床に落ちた・380オートを部屋の隅に蹴飛ばしてリボルバーを木崎に向ける。木崎は両眼を見開いたままフリーズしていた。

「金庫を開けろ」

ダズの言葉にも木崎は反応を示さなかった。思考が停止しているように見える。

「撃たれてえのか？」

その言葉にビクッとなった木崎は、慌てて両手を高く挙げた。

「お、俺は反対したんだ。こ、こういうのは、よ、よくねえって……」

「俺は、金庫を開けろ、って言ってんだ」

ダズは語気を強めた。銃口を木崎の眼の高さに上げる。

「い、いや……、金庫の開け方は安東しか知らねえ」

申しわけなさそうに木崎が言った。

ダズは銃口を下げると、倒れたままで呻《うめ》き声を上げている坊主頭に向けた。そのまま引き金を引く。銃声とともに坊主頭の一部が吹き飛んだ。床に黒々とした血が広がる。

銃口をゆっくりと木崎に向け直して言った。

「言葉に気をつけろよ」

「…………」

木崎の顔はあからさまに蒼白になっていた。

「金庫を開けて、素直に残金を払うんなら、お前はこの先グループのボスとして生きていくことができる」

ダズは微かな笑みを浮かべた。

「だが、お前が本当に金庫の開け方を知らないんなら、俺はカネを諦めなきゃならなくなる」

「…………」

「そのとき俺が、お前を生かしたままで帰ると思うか？」

「わ、わかった……」

木崎はゆっくりと両手を下ろし、椅子に座ったままで死んでいる安東に近づいた。

「撃つなよ」

そうダズに声を投げて安東の背広のポケットに手を入れる。取り出したのが鍵束であることをダズに示してから、背後の壁の隅に置かれた、高さが一メートル、幅と奥行が八十センチずつはありそうな耐火金庫に歩み寄る。床に膝をついて鍵穴にキーを差し、二つのダイヤルを合わせていく。ダズは銃口を向けたまま静かに木崎に近づいていった。金庫の中に銃が隠してあることは想定済みだ。

木崎がレバーを下げてぶ厚い金庫の扉を引き開ける。中に見えているのは書類が詰まっているらしい事務封筒がいくつかと、帯封がついた現金の束だけだった。ざっと二千万はありそうだ。

「カネはあるだけ持っていってくれ」

木崎が微かな笑みで言った。そのカネで命を買おうとしているかのようだった。

「防犯カメラの録画機はどこにある？」

ダズは言った。

「隣の部屋だ」

木崎は壁の反対側の隅のドアを顎で示した。

「けど気にすることたぁねえ。俺がちゃんと処理しとく」

「そうか、ありがとうよ」

ダズは引き金を引いた。木崎の頭がガクンと揺れ、金庫の脇の壁に血が飛び散った。

防犯カメラと繋《つな》がっているハードディスクのコード類を引き抜き床に放ると、銃弾を一発撃ち込んでからさらにゴツいエンジニアブーツで何度も踏みつけて完全に破壊した。それからダズはスマートフォンを取り出し電話をかける。社長に状況を報告した。

「フン、クソダヌキの考えそうなことだな」

社長が吐き捨てた。

「指紋は残してないな？」

「ええ、防犯カメラもクリアです」

「よし。プランBの手はず通りに帰ってこい」

「了解しました」

「慎重に行動しろよ」

電話が切れた。ダズはスマートフォンを仕舞うと、室内で見つけた手提げの紙袋に金庫の中の現金を全て移した。

ゆっくりと室内を歩き廻り、気づかぬうちに血を踏んでいないか、なにか自分の痕跡を残していないかをチェックする。なにも問題はなかった。ダズは笑みを浮かべてオフィスを出た。

スチール製のドアを開けて建物を出ると、目の前に白のミニバンが駐まっていた。

さっき来たときにはこんな車はなかった。安東の手下か？　一気に緊張感が押し寄せてきた。だが車内に人の姿は見えない。ダズはポケットの中でリボルバーを握り、ゆっくりとミニバンの側面に近づいていった。

運転席側のサイドウィンドウから覗き込むと、背もたれを倒した助手席のシートで若い男女が重なっているのが見えた。後頭部が見えている男の右手がスカートの中をまさぐっている。

ダズはホッと息を漏らした。思わず頬が緩む。そのとき女が眼を開けた。まだ十代に見える女の子だ。眼が合った。女の子の口が悲鳴を上げる形に開いた。慌てて男が振り返る。二十代前半くらいのガキだ。そいつとも眼が合った。

顔を見られた。二人とも殺してしまわなければならない。ダズは銃を抜いた。

だがリボルバーに弾は一発しか残っていなかった。しかも、こんな場所で発砲すれば隣接する倉庫の壁面で銃声が反響する。隣の建物から人が出てくるかも知れない。

その僅《わず》かな逡巡《しゅんじゅん》のあいだにエンジンが唸《うな》りミニバンが急発進した。一度もナンバープレートが見えるアングルにならないまま、建物の陰に消えた。

ダズは自分が車を駐めた場所へと走った。盗んでナンバープレートを付け替えたセダンに乗り込むと、再び社長に電話をかける。

「表に出たところで顔を見られました」

手短に状況を伝えた。

「わかった」

社長が言った。落ち着いた声だった。

「とにかくお前はプラン通りに行動しろ。あとはこっちでなんとかする」

「あ、ありがとうございますッ！」

やっぱり社長は頼もしい男だ。ダズは心からそう思った。

2

ＡＮＡの朝一便である二三九便は、定刻通り六時二五分に羽田《はねだ》空港を離陸した。福岡《ふくおか》空港への到着予定時刻は八時三〇分。そこから天草《あまくさ》エアラインに乗り換える時間の余裕は一〇分しかなかった。

杉浦《すぎうら》小麦《こむぎ》は、エコノミーのシートを少し倒して眼を閉じた。彼女がなぜ朝イチで熊本《くまもと》県の天草まで行かなければならないかというと、きょうの午後一時から天草郡苓北《れいほく》町の葬祭場で、地元の名士の告別式が行われるからだ。

百歳を越えて亡くなったというその名士は、小麦の親戚でも知人でもなかった。全く知らない人物だ。ではなぜその人の葬儀に、わざわざ東京から飛行機に乗って駆けつけなければならないのかというと、その葬儀に参列するであろう、ある人物を捕まえるためだった。

小麦は二十五歳。一年間の司法修習期間を終えたばかりの新米弁護士だ。とは言っても弁護士事務所に所属しているわけでも、企業や団体の法務部に勤務しているわけでも、法テラス（日本司法支援センター）のスタッフ弁護士でもない。俗にケータイ弁護士と呼ばれるフリーランサーの一人だった。

いまの日本は弁護士が増えすぎている。余程の優秀な人材か強力なコネでもなければ、新人が給料をもらいながら経験を積んでゆける立場になるのは難しい。ほとんどの新人弁護士は、法律実務の経験もないままでの独立開業を余儀なくされていた。

資金力のある者はオフィスを借りて自前の弁護士事務所を設立する。何人かの新人がオフィスをシェアして開業するケースもある。だが、それ以外の者は自宅で開業するか、スマートフォンを頼りに飛び回るしかなかった。

そんな小麦にとっての数少ない仕事の一つがこの案件だった。いや、これも仕事と呼べるのかどうかはまだわからない。結果を出せなければ、収支はマイナスになりかねないからだ。

その電話がかかってきたのは十日ほど前のことだった。小麦の母親の知人で山本《やまもと》と名乗る男性からだった。

「美佳《みか》ちゃんのお嬢さんが弁護士さんだと伺《うかが》ったもんで……」

山本氏はそう言った。法的なアドバイスが欲しい、とのことだったので、小麦は喜んで面談に応じた。声の感じからすると遺言書の作成には若すぎる。相続絡みかな、と当たりをつけた。

後日、京急川崎《けいきゅうかわさき》駅近くの喫茶店で顔を合わせた山本氏は、六十前後のがっちりした体格の人物だった。椅子から起ち上がって山本を迎えた小麦を見るなり、

「おや、カワイイ弁護士さんだねえ」

そう言った。そういう言われ方をすると、いつも返答に困る。美形だとお世辞を言っているのか、幼いと言われているのか判断がつかないからだ。

小麦は童顔だった。いまだにコンビニで酒や煙草を買うときには、身分証の提示を求められることがある。そして美形だと言われることだって、絶対にないというわけではなかった。

「元はレスリングのオリンピック候補だって聞いてたから、吉田沙保里《よしださおり》みたいな感じかと……」

山本が続けた。なるほど。今回のカワイイは、ゴツくない、という意味だったのね。

だが山本も、小麦がミディアムボブの髪を少し内側に巻いて隠している首の太さや、服の下の肩や二の腕の逞《たくま》しさを見れば、きっと考えが変わることだろう。もう競技を引退してから六年も経つというのに、いまだにこの逞しさはなんなんだ！　と、また腹が立ってきた。

「どうぞお掛け下さい」

笑顔で山本の発言を流した。オリンピック候補というのは少々言い過ぎだったが、どうせ母親がそう言ったのだろう。それはあえて訂正しないことにした。

小麦は高校の二年生のときにインターハイで準優勝した。当時はマスコミから「美少女オリンピック候補」と呼ばれたこともあったし、雑誌の「美しすぎるアスリートたち」という特集記事で、その、たち、の中の一人に加えてもらったこともあった。

だが、女子レスリング界における「美少女」や「美しすぎる」が、世間一般では全然たいしたレベルではないことを後に思い知らされることになった。そして、女子レスリング界には圧倒的なバケモノが各階級に存在していて、小麦レベルの選手がオリンピック代表に選ばれることなどありえないということも。

「目黒《めぐろ》に、相続した土地があるんだけどね」

山本が話を始めた。相続絡みだという小麦の予想は半分は当たっていたが、残りの半分は最近話題になっている「空き家問題」だった。

説明によると、九年前まで父方の祖母が住んでいた家が空き家のままで放置されているのだという。山本の両親はすでに他界しており、その家と土地も山本が相続することになったのだが、問題は遺産の相続人がもう一人いることだった。その人物の所在が不明で、全く連絡も取れないため老朽化した家の処分も、土地の売却もできずにいる。固定資産税もずっと、山本が全額負担し続けていた。

「俺にとっては従兄弟《いとこ》なんだけど、一度も会ったことがないんだ」

父親の妹が、仕事の関係で福岡に住んでいるときに天草出身の男性と出会って結婚した。その一人息子が問題の従兄弟だった。

小学生のときに事故で両親を亡くした従兄弟は天草に住む祖父母に引き取られて成長したが、高校生のときに祖母が亡くなると家を出て、その後の消息は不明なのだという。

「実は以前、五、六年前かな、弁護士に依頼して捜してもらったんだけど……」

山本が言った。

「なんだかんだで百万ぐらい取られたけど、成果はゼロだよ、ゼロ。ありえねえだろ？」

「………」

たしかに難しい問題だった。小麦が所属している神奈川県弁護士会のセミナーで聞いたところによると、現在全国の所有者不明で手つかずのまま放置されている土地の総面積は、九州全体の面積に匹敵するほどの規模なのだという。

きちんと登記を完了していなかった土地は相続人たちの共有名義不動産となり、共有者全員の承諾がなければ一切土地を活用することができない。だが、行方のわからない人間を見つけ出すというのは容易なことではなかった。

「もう、とっくに死んじゃってると思うんだよね」

山本が言った。

「そんでそいつに子供がいなけりゃ、土地は全部俺の物ってことだろ？」

たしかにその通りなのだが、あくまでも希望的観測に過ぎない。

「そこんとこはっきりさせられないもんかね？　失踪者が七年経ったら死亡したことと見なす、みたいな感じの……」

そのためには、当該人物が失踪していることを確認しなければならない。その上で、不在者の従来の住所地又は居所地の家庭裁判所に失踪宣告を申立てることになる。

「売れば二億にはなる土地なんだから、放っとくわけにもいかなくてさ」

「それを、わたしに依頼したいというお話ですか？」

小麦は言った。そんなに簡単な話ではなかった。その人物の行方がわからないからといって、失踪したのかどうかはわからない。親類縁者と音信不通なだけで、どこかで元気に暮らしている可能性は否定できないからだ。

「そこで、こっからが相談なんだけど、また弁護士頼んで大金払って、その挙句《あげく》に成果ゼロじゃこっちもやってらんないからさ、出来高《できだか》払いってわけにはいかんもんかね？」

「と言うと、成果によって報酬が変動する、ということですか？」

「いや、そいつを見つけるか、そいつが死んでることをはっきりさせるか、いずれにせよ土地を売れるようにしてくれたら報酬はいくらでも払う。そうだな、……土地の売却益の一割五分ってことでどうかな？」

「………」

仮に二億円だとすれば、その一割五分は三千万円。

「その代わり、それ以外なら料金はゼロ」

「なるほど」

「どうかね？　俺は至極《しごく》まっとうな条件だと思うんだけどね」

「他の弁護士事務所にも、その条件で話を持ちかけたんですね？」

「え？」

「そして、乗ってくる弁護士は一人もいなかった」

「あ、いや……」

「当然です。その条件で依頼を受ける弁護士はいませんよ」

「けどさぁ、こっちの立場にもなってくれよ。結果を出してくれる弁護士にならどんなに料金が高くても払うけどさぁ、役に立たない弁護士にぼったくられるのは納得がいかないじゃないか」

「人捜しには時間もおカネもかかります。あなたのために弁護士を働かせるのなら、報酬を払うのは当たり前のことです。結果が出る出ないは別の問題です」

「やっぱり、そうなっちゃう？」

「弁護士が一人で捜し回れるわけではありません。調査員を雇う必要があります。調査員の日当は高いんです。調査員にも、結果が出なければ報酬はゼロ、なんて通ると思います？」

「じゃあ、俺はどうすればいいんだい？」

「ただ、出来高払いという考えを取り入れられないというわけでもありません」

「ほう、どんなふうに？」

「そうですね、……例えば、着手金を格安に設定して、当面の経費と合わせて百万円預からせていただきます。半年間が経過した時点で成果が出ていなければ、着手金以外は全額お返しするというような……」

「格安って、どのくらい？」

「まぁ、……二十万円ですかね」

「なるほど、成果が出なければ二十万の損ってことか……」

「その場合は、こちらは大赤字です」

「まぁ、そうなるか……」

「ですから、成功報酬は土地の売却益の25パーセント。売買契約の完了まで代理人を務めさせていただくことが条件になります」

「二割五分ねえ……」

これで断られるだろうと思った。どう考えても意欲の湧く案件ではなかった。ただ母親の知人からの依頼をこちらから断るのは気まずい。先方から断ってほしかった。

「少し、考えさせてもらえる？」

山本が言った。小麦は心からの笑顔で応えた。

「どうぞごゆっくりご検討下さい」

しかし数日後山本は、この条件で依頼すると連絡してきた。面倒くさいな。そう思った。まあいい。とりあえず二十万円の収入は確保したし、八十万円を無利子、無担保で半年間借り入れることができた。当面の回転資金として非常に助かる。

その後正式に契約書を交わし、二十万円の領収証と八十万円の預り証を渡し、現金で百万円と前の弁護士による調査報告書を受け取った。あとは二十万円分誠実に働けばいいだけだった。

何千万もの報酬が転がり込むのを期待するほど小麦は無邪気ではない。どうせ山本の従兄弟は見つからないだろう。そう思っていた。生きているにせよ、死んでいるにせよ。

だが受任した以上、仕事には真摯《しんし》に向き合いたかった。誠実な仕事ぶりこそが、今後の弁護士としての実績になっていくのだと信じていた。

早速調査報告書を検討した。前の弁護士も誠実に仕事をしていた。百万円は、ぼったくられたわけじゃない。そう感じた。ただ、有力な手がかりが見つからなかっただけだ。

判明する限りの親類縁者および小・中・高の親しかった同級生の名前と住所、電話番号が記載されたリストが作成されていた。さらに、かなりの数の人物に聞き取りが行われている。

職務上請求によって戸籍謄本を取得し、本籍地の変更や、分籍届の有無なども調べられているが不発に終わっていた。弁護士照会による銀行口座の動きを把握しようという試みは、個人情報保護法を盾に銀行側に拒否されている。

こりゃもう弁護士としてやれることはなにもないな。そう思った。

あとは探偵の領分だ。おそらく山本もそう考えたはずだ。きっと出来高払いを受け入れる探偵事務所が一つもなかっただけの話なのだろう。

行方がわからない従兄弟の名は菅原道春《すがわらみちはる》。昭和四十一年の生まれなので、現在五十三歳だ。本籍地は福岡県福岡市。九歳のときに両親が交通事故で死亡し、祖父母に引き取られて熊本県天草郡に転居。そして十七歳で家出している。

家出をした当初は親しい友人とは連絡を取り合っていたようで、何人かの同級生が福岡市内のパチンコ屋で働いていると聞かされていた。最後の消息らしきものは、二十二歳のときに大阪の風俗店で働いていると聞いた、という友人の証言だった。

三十年前以降の情報はなにもない。これじゃ捜しようもないじゃないか。

小麦にできる二十万円分の仕事とは、リストに載っている人物に片っ端から電話をかけて、前の弁護士が調査をした後の六年間で、なにか新たな情報が得られていないかを確認する。どうせなにもないだろう。その、なにもない、という事実の詳しい報告書を作成する。それぐらいしかできそうなことはなかった。

だが小麦はラッキーだった。電話をかけ始めて二本目で、重大な情報にぶち当たった。

「三年くらい前ですかね、道春ちゃんが突然電話ばかけてきて……」

そう言ったのは菅原道春の叔母にあたる、熊本県天草市に住む古賀《こが》スミ子という七十代の女性だった。

すごい！　信じられなかった。依頼人にとっては面白くない事実だろうが、菅原道春は生きていた。少なくとも三年前までは。

「その、菅原道春本人に間違いないですか？」

「ええ、年取って声は変わっとるけど、ありゃ道春ちゃんに間違いなかです」

振り込め詐欺の電話じゃないだろうね。そう思ったが、先を聞くことにした。

「それで、なんと言ってきたんです？」

「爺《じい》さんはまだ生きとるか？　遺産の分け前は俺の分もあるはずや、言うて……」

爺さんというのは、道春を引き取った祖父の菅原道之《みちの》介《すけ》のことだろう。

小麦が最初に電話をかけた相手がこの道之介だったが、誰も電話に出なかったのだ。

「爺ちゃんももう百歳近《ちこ》うなって、いつ死んでもおかしゅうないんやから、あんた一遍《いっぺん》こっちに帰ってこんね、て言うたら、爺さんが死んだら帰る、って……」

「連絡先はお訊きになりました？」

「ええ、なんかあったら知らせるから、言うて携帯の番号は聞いとるんですが……」

やった！　これで菅原道春を見つけられる！　小麦は興奮していた。数千万円の報酬が、俄《にわか》に現実味を帯びてきた。

「いま爺ちゃん入院しとって、もういよいよいけんもんやから道春ちゃんに何度も電話しとるんやけど、全然繋《つな》がらんとですよ……」

ん？　どういうことだ？　いまはもうその携帯を使っていないのだろうか。小麦は菅原道春の携帯の番号を教わり、もしまた連絡があったらすぐに知らせてほしいと頼んで、自分のスマホの番号を伝えた。

丁寧に礼を言って電話を切ると、すぐさま菅原道春の携帯に電話をかけてみた。呼び出し音は鳴るものの、やがて留守電のメッセージに切り替わる。何度かけても同じだった。

留守電を残すか、ショートメールを送ってみようかとも思ったが、どうアプローチをするのが正解なのか判断がつかなかった。こういうところで実務経験のなさが露呈する。そう思った。弁護士会の指導担当である蟹江《かにえ》先生に相談してみよう。そう頭にメモして、リストの次の名前に電話をかけた。誰も出なかった。さらに次の名前に電話をした。

古賀スミ子以外からはなんの情報も得られないままに一週間が過ぎた。その間に、菅原道春の携帯には電話をかけ続けたが結果は同じだった。古賀スミ子にも二度電話した。

夫を亡くし、子どもたちも独立していて独り暮らしの古賀スミ子は、話し相手になってくれる小麦を気に入ってくれたようだった。だが菅原道春に関する進展はなにもなかった。

そしてきのう、古賀スミ子のほうから電話がかかってきた。菅原道之介が亡くなった、という知らせだった。

「さすがに葬式には顔を出さんはずがないと思うんやけど……」

菅原道春の携帯の留守電に、葬儀の日時と場所は入れておいたのだという。

これはもう行ってみるしかない。小麦はそう決意した。

3

機内アナウンスで目を覚ました。出だしは聞き取れなかったが男の声なので機長なのだろう。

「当機は、予定時刻よりも早く福岡空港上空に到達いたしましたが……」

腕時計を見た。到着予定の十五分前だった。おお、これは嬉しい！　天草エアラインへの乗り換えの時間に余裕ができる。

「先ほどまでの悪天候の影響で滑走路の離発着が滞《とどこお》っている状況です。順番がくるまで当機はしばらく上空を旋回いたします。お急ぎのところ大変ご迷惑をおかけいたしますが――」

なに？　逆に遅れるってことなの？　ウソでしょ？

予約してある九時ちょうど発の天草エアラインは出発時刻の二十分前に搭乗受付を締め切る。

そして、その便に乗れなければきょうの葬儀には間に合わない。

ＡＮＡ便が予定通り八時半に福岡空港に着いたとしても、一秒でも早く飛行機を降り、通路を駆け抜けて到着口を飛び出し、一階フロアの端にある天草エアラインの受付までキャリーバッグを片手にブラックフォーマルのワンピースにボレロ丈の襟なしジャケットという喪服姿で空港内を走り続けなければならないというのに。

ジッと座っていられる気分じゃなかった。荷物を手に通路を進んで乗降口の前で扉が開くのを待ち構えていたいところだが、シートベルト着用のサインが消えるのはまだまだ先のことだし、そうなったら途端に通路に人が溢《あふ》れて一歩も前に進めなくなる。

そもそも昨夜の急な予約だったので、座席は三列シートの真ん中しか空きがなかった。通路側に座っているのはいかにものんびりしたタイプのおじさんだった。これでは座席から通路に出るだけでも、たっぷり待たされそうだ。

いまのうちに天草エアラインに電話を入れて、福岡空港の上空までは来てるんだからなんとか待ってもらえないかと頼んでみるつもりでスマホを取り出す。次の瞬間、離陸前に機内モードにしてあったことを思い出した。飛行中は電波の出る電子機器の使用は禁じられている。なんにもできることはなかった。仕方がないので小麦は祈ることにした。

神さまになのか、仏さまになのかはわからないが必死に祈った。どうか、どうか遅れずに到着させて下さい！　わたしを天草エアラインに乗り換えさせて下さい！

そんな感じで時間は刻々と過ぎていき、旋回し続けたままで八時半を越えたとき、祈る意欲も消し飛んだ。

もう無理。絶対に無理。さあどうすんだ？　知ーらないっ。

結局、降下を開始したのは八時三五分で、シートベルト着用サインが消えたのが八時四〇分。通路で身動きもできない状態で天草エアラインに電話をかけてみたが「搭乗は締め切りました」と言われた。そりゃそうでしょうよ！

　とぼとぼと肩を落としてキャリーバッグを引いて歩いた。喪服姿だというのにキャリーバッグが鮮やかなオレンジ色なのが急に恥ずかしく感じた。昨夜ネットで調べたところによると、次の天草行きの便は一六時五〇分発。葬儀は一三時から。なんの意味もなかった。

　天草エアラインの受付に到着したのは九時五分前。グランドスタッフのおねえさんは優しい人だった。速《すみ》やかに購入済みのチケットの全額返金の手続きをしてくれた上に、天草までの新幹線利用でのルートの時刻表を用意してくれた。

　お気持ちは大変ありがたいのだが、新幹線では絶対に間に合わないことはすでに知っていた。丁寧に礼を言ってカウンターを離れ、またとぼとぼと歩いて近くのベンチに腰を下ろす。

さあ、どうする？　すでに飛行機代で四万円以上も遣っている。帰りがどうなるかわからないから前日に片道航空券を購入した。だから一切の割引を受けられていない。

　ここで諦めて帰ることにすれば、菅原道春を捕まえるチャンスを逃した上に、往復の飛行機代八万円が無駄になる。二十万円の収入のうち八万円が無意味に消えるのは耐え難かった。

　帰りを新幹線にすれば出費は抑えられるが、はるばる福岡まで来たというのになにも得るものなく帰る徒労感が半端ない。なにかできることはないのか？

腕時計を見た。まだ九時を回ったばかりだ。葬儀が始まるまでに四時間ある。四時間もあればなにか方法はあるんじゃないのか。そう思った。

レンタカーを運転していくというのはどうだろう？　小麦は車を持ってないので普段は自分で運転することはないが、免許は大学生のときに取得していた。

福岡県と熊本県は隣接している。高速道路だって通っている。一時間以内に熊本県には入れるはずだ。そこから三時間もあれば、たとえ天草郡が熊本県の外れだとしても辿《たど》り着かないわけがない。小麦は頭を上げた。空港のガラス張りの壁面の先に、緑色のレンタカー会社の看板が見えた。キャリーバッグを摑んで駆け出す。もう一秒も無駄にはできない。ここからは行動あるのみだ。そう肚《はら》をくくった。

空港から徒歩一分のトヨタレンタカー福岡空港店に飛び込むと、とりあえずあすの正午に熊本空港で返却ということにして、喫煙車をオーダーした。

小麦は大学一年で競技生活を引退すると、トレーニング漬けだった日々から解放された高揚感に誘《いざな》われるままに、これからは人生を楽しむぞ！　と意気込んで酒と煙草を覚え車の免許を取り合コンに励《はげ》んだ。そして司法試験の勉強中のストレスで、煙草の本数が一気に増えた。

いまは人と会っているときには吸わないようにしているが、きょうは未明の四時半にアパートを出て以来、一本の煙草も吸えていない。さらにこれから四時間も独りでドライブするからには煙草が吸えない車なんてありえなかった。

受付カウンターのおねえさんは、ちょっと困ったような顔をした。

「いますぐご用意できる喫煙車となりますと、軽トラックか、十人乗りのハイエースワゴンしかございませんが……」

マジか！　わたしはカワイイ軽自動車が希望なんですけど。そう表情で訴えてみた。

「国からのお達しで、乗用車の喫煙車がかなり少なくなっておりまして……」

おねえさんは申しわけなさそうに言った。

「………」

仕方がない。迷っている時間はなかった。おねえさんが指差す料金表のリストを見る。24時間で、軽トラックが八千八百円、ハイエースワゴンが一万四千八百円。

一人しか乗らないのに十人乗りに高いカネを払うのは馬鹿げている。二人乗りの軽トラで充分だ。荷台に積む砂利の山がないのが残念だけど。

おねえさんにその決定を告げると、今度はおねえさんが、マジか！　という顔をした。

未成年に見える童顔の女が、全身真っ黒の喪服姿で、くわえ煙草で軽トラを転がして高速道路を爆走する。最高じゃないか！

車が用意できるまで待たされ、それから説明やらチェックやらなんやかんやで、運転席に乗り込めたのは九時半を回ったころだった。あと三時間半しかない。早速カーナビに天草郡苓北町の葬祭場の電話番号を打ち込んだ。祈るような気持ちで画面を見つめる。

到着予定時刻、14時58分。

ウソでしょ!?　二時間オーバーじゃないか！　これじゃ葬儀は終わってるっつうの！

　いやいやいや、こんな二十年落ちみたいな古ぼけた軽トラについてるカーナビなんて信用できるか！　新しい道路だってできているはずだし、車線が増えていたり、交通法規が見直されたりもしているに決まってる。直《ただ》ちにスマホを取り出して、カーナビの無料アプリを検索する。一番評価の高いアプリのダウンロードを開始すると、スマホを太腿《ふともも》に置いて軽トラをスタートさせた。早速煙草に火をつけて、深々と吸い込む。そして大量の煙を吐き出す。少し気分がよくなった。

　最初に赤信号で停車したときにはダウンロードは終了していた。アプリを開いて目的地を入力する。信号が青になったので車をスタートさせ、前の車と充分車間距離をとってスマホの画面に目を落とす。

　到着予定時刻、14時13分。ほらぁ、もう四十五分も縮まったじゃないか！

　とは言っても、まだ一時間以上も遅れていることは間違いないのだが、それでも小麦は希望の光が見えた気がした。走り続けているうちに、遅れはどんどん取り戻していけるはずだと信じることにした。

　考えてみれば、葬儀の開始時間に遅れたとしても、大した問題ではなかった。葬儀が終了するまでに着ければなんとかなる。もし、それにも間に合わないようなら、近くの火葬場を調べて、直接そっちに向かえばいい。故人の近親者である菅原道春が、火葬場まで行かないはずがない。焦《あせ》りから解放されて、頭が正しく働き出したように感じた。

「次を、左です」

車のカーナビの音声が言った。スマホのアプリには、５５０ｍ先を左折、と表示されているというのに。

「ここを、左です」

また言った。うるさい！　お前の言うことなんか、なに一つ信じるもんか！　ルートガイドを終了し、車のカーナビを黙らせてやった。そこからは快適なドライブになった。

福岡南バイパスを走り、月隈《つきくま》ＪＣＴから福岡都市高速２号太宰府《だざいふ》線に入る。この先は、太宰府ＩＣから九州自動車道に乗って熊本県まで一直線だ。

天気は快晴で、三月の気候は窓を全開にしていても心地好かった。周囲には広大な田園地帯が広がっている。その上を、靄《もや》だか霧《きり》だか知らないが水蒸気らしきものが白く覆《おお》っていた。幻想的な光景に思えた。小麦は、すでにドライブを楽しんでいる自分に気がついた。スマホの画面に目をやると、到着予定時刻が三分早くなっていた。


大学一年の終わりごろ、練習中に右膝を怪我した。内側側副靱帯《ないそくそくふくじんたい》断裂と診断された。競技復帰には半年以上かかると言われた。それで小麦はアスリート生活に終止符を打つことを決めた。

そもそも、そんなにレスリングが好きなわけでもなかった。いや、最初のころは大好きだったのに、だんだん好きではなくなっていったのかも知れない。三歳年上の兄の影響で小学四年生のときに家の近所のレスリング教室に通い始めた。そこの先生に才能を認められ夢中で練習に励んだ。中三のときには、全国中学生レスリング選手権42キロ級で優勝した。

学校の成績もかなり良いほうではあったのだが、高校も大学もスポーツ推薦で、レスリングの強豪校に進んだ。

ほぼ休みなく毎日続く練習も辛かったが、どんどん体型が厳《いか》つくなっていくのが悲しかった。女の子らしい楽しみをなに一つ味わうこともなく、ただひたすら体脂肪率を減らして筋肉の塊《かたまり》になっていく日々から突如解放された小麦は舞い上がってしまった。

もう、床で耳が擦《こす》れて耳介血腫《じかいけっしゅ》による餃子耳にならないために続けてきた毎日のアイシングやマッサージの必要も、定期的に病院で耳に溜まった血を抜いてもらう必要もなくなった。やっと女の子らしく生きていくことができる。

小麦は、右脚をギプスで固められ、両松葉杖を突いた姿でダイソーの百均コスメを買い漁《あさ》り、ＹｏｕＴｕｂｅの映像を見ながら人生初のメイクにトライした。ベリーショートの髪にすっぴんの状態でも、美少女アスリート、と呼ばれたんだ。メイクを身に着けたらめちゃめちゃ可愛くなるに決まってるじゃないか！

だが、小麦がイメージしていたようにはならなかった。

元々まぶたはふたえなのだが、ふたえの幅が狭いので、くっきりしたふたえにしたくてふたえテープを使ってみた。左眼はすぐにイメージ通りになったが、右眼がどうしても同じ仕上がりにならない。何度も貼り直し、大量のテープを無駄にして、ようやく納得できるまでに一時間近くかかってしまった。友だちに相談すると、「やってるうちにクセがついてやりやすくなるから、いまは苦労してでもやり続けるしかない」と言われた。

さらに、つけまつげはもっと苦手だった。何度やっても全然上手くつけられない。自まつげのカーブとつけまのカーブが合わない。ＹｏｕＴｕｂｅでは、眼を開けたままでつけろと教えていたが、どうしても眼を閉じてしまう。やってるうちに面倒くさくなって、早々に諦めることにした。アイライナーとファイバー入りのマスカラでいくことに決めた。

ところがアイラインを引くのは超絶難しかった。メイク関連のＹｏｕＴｕｂｅの中にはアイラインを引くだけで別人のように可愛くなる映像もあったのだが、どうしても上手くいかない。ペンシルタイプもリキッドタイプも試してみたが、どちらもダメだった。

ペンシルタイプは、ちょっと動かしただけで芯が折れてしまう。何度やってもすぐに折れた。筋力がありすぎるってのか？　リキッドタイプは、手が震えてすぐに余計なところを黒く汚してしまう。その度にせっかく塗ったファンデーションを台無しにしてしまうのだった。

ＹｏｕＴｕｂｅではまぶたの際《きわ》の白い粘膜《ねんまく》の部分までしっかり塗るように教えていたのだが、とてもそんなことが自分にできるとは思えなかった。そして穂先を眼球に当ててしまった痛みで心が折れた。

それまで自分が不器用だと感じたことなど一度もなかったのだが、ことメイクに関してはなぜこんなにも不器用なのかと腹立たしくなった。

二時間もかけて、結局上手くいったのはリップとチークだけで、その結果、七五三で着飾った子供のような仕上がりになった。メイクをして、より幼くなるってどういうこと？　だがそれはメイク初心者であることと、まだ髪が短すぎるせいだ、と自分に言い聞かせることにした。

次にロフトでジェルネイルのスターターキットを買って、初めてのマニキュアとペディキュアに挑戦した。こっちはほぼほぼ上手く塗れたし、ＵＶライトを当てて硬化させるまでは何度でもやり直すことができるので失敗はなかった。

　可愛いピンク色の爪にテンションは爆上がりしたのだが、すぐに左手の薬指が真っ直ぐに伸びないことがやたらと気になりだした。

　突き指を繰り返しているうちに、左の薬指だけが軽く曲がったままになってしまった。痛みはないのだが、ピン、と伸ばすことができない。競技にも生活にも支障はないのでそのままにしておいたのがマズかったのだろうか。せっかく爪が可愛くなったのに指の形が可愛くないのが許せなかった。膝の検診で整形外科に行ったとき、薬指のことも相談してみた。

　問診と触診とレントゲン写真の確認のあとで医師が真顔で言った。

「手術で真っ直ぐにすることはできますが、そうすると二度と指が曲がらなくなります」

　本気か!?　本気で言ってんのか!?　そんな馬鹿げた手術ってアリなのか!?

　競技引退後の生活が思ったほど楽しくならないまま数ヵ月が過ぎ、ようやく松葉杖が必要なくなったときにも、まだ髪の毛はベリーショートの範疇《はんちゅう》から抜け出せていなかった。友人の誘いで初めて合コンに参加したのはそのころだった。薄着の季節だったのもよくなかった。

　ドキドキワクワクで向かった居酒屋で、いざ正面に座る男子たちを前にすると、首の太さとか肩幅の広さをマジマジと見られているような気がして顔を上げられなくなってしまった。左手はずっとグーにして曲がった薬指を隠していた。

髪がベリーではないショートになり、メイクもそこそこは形になってきて、タートルネックのニットで首を隠せる季節になると、また積極的に合コンに参加するようになった。

本気でオリンピックを目指しているような筋肉ゴリラじゃない、シュッとしたイケメン男子と出会いたかったのだが、目の前の妙に色が白くて肌がきれいなフェミニン系やら、ホスト気取りのナル系やら、小太りのヲタやらを見ていると、こいつは十秒で倒せる、こいつなら二秒だな、なんてことばかり考えてしまう。

丁度いいのはいねえのか！　細マッチョで耳が潰れてないヤツは⁉

小麦の理想は水泳選手のようなタイプだった。だが、稀《まれ》に見かけた小麦がカッコいいと思えるような男子の側《そば》には、首が細くて華奢《きゃしゃ》な体型の女の子がすでにいた。

そんな日々をしばらく続けていると、やがてなにも楽しくなくなった。小学生から打ち込んできたレスリングを失ったロスを埋めるなにかが必要なのだ、ということに気がついた。なにか、本気で打ち込めるものを見つけなければならない。その答はすぐに見つかった。小麦は法学部法律学科に籍を置いていたので、司法試験に挑戦することに決めた。どうせ挑むのなら山は高いほうがいい。そう思った。

三年生の秋と、四年生の春に、同級生と交際にまで発展したこともあったのだが、どちらとも長くは続かなかった。恋愛より勉強のほうが重要になっていた。そして偏差値Dランクの法学部を卒業してBランクの大学の法科大学院《ロースクール》に進んだ。司法試験なんて無謀な挑戦だ、と周囲の誰もが言った。小麦は全然気にしなかった。戦い続けることにこそ意味があった。

二年間のロースクールを終えると、持ち前の集中力と、トップアスリートならではの勝負強さで司法試験に一発合格した。

そしていま、くわえ煙草で軽トラを走らせている。

松橋《まつばせ》ＩＣで九州自動車道を降りて、国道３号を松橋／天草方面に走り出したときスマホが鳴り出した。古賀スミ子からの着信だった。

菅原道春が現れたのか⁉　慌てて電話に出た。

「いま道春ちゃんから電話があって、きょうは行けん、またそのうち連絡する、言うて……」

マジか⁉

4

横浜《よこはま》市港北《こうほく》区の自宅アパートに帰り着いたのは、夜の九時を過ぎたころだった。

古賀スミ子から電話をもらって、天草まで行っても菅原道春を捕まえられないことははっきりした。だが、せっかく熊本県までは来たのだから、このまま走り続けようか、とも思った。古賀スミ子に挨拶しておきたいという気持ちもあった。いまは古賀スミ子だけが頼りだった。

だが結局、すぐに逆向きの九州自動車道に乗って福岡に引き返した。天草まで行けば泊まりを覚悟しなければならない。無駄にホテル代を遣うことになる。古賀スミ子が泊めてくれるんじゃないかという期待もあったが、それを前提に行動するのは甘えすぎというものだ。

早く返却すればその分レンタカー代も安くなるし、熊本駅から新幹線に乗るよりは博多《はかた》駅から乗ったほうが安く済む。

トヨタレンタカー福岡空港店に軽トラを返すと、空港内のフードコートで昼食を摂《と》った。博多ラーメンか博多うどんでも食べようと思っていたのだが、フードコートに漂っているあまりにもいい匂いに気が変わった。その匂いの元はビーフバター焼きだった。

注文カウンターの説明書きによると、ビーフバター焼きとは福岡市の中心の天神《てんじん》で四十年以上も続く老舗洋食店〈グルメ風月《ふうげつ》〉の大人気メニューなのだそうだ。

早速注文した。鉄皿に盛られたパスタの上に薄切りビーフのバターソテーがこんもり、そこに醤油ベースのジンジャーソースが注がれてジュージューと盛大に湯気が立ち昇る。とんでもなく旨《うま》かった。空港内だというのに、このクオリティで六百円だというのが信じられない。きょうの悲惨な一日が、少し報《むく》われた気がした。

フードコートの脇の喫煙ルームで煙草を吸ってから、地下鉄で二駅の博多駅に移動した。東京駅で新幹線を降りると、構内の駅弁屋　祭《まつり》でお気に入りの賛否両論《さんぴりょうろん》弁当を買って家に戻った。

部屋に入るとプリンター複合機にＦＡＸが届いていた。法テラス神奈川からだった。国選弁護指名打診日の通知だった。

打診を承諾すれば、初めての刑事事件を扱うことになる。罪を犯したとして裁判にかけられる被告人の弁護人として、ついに法廷に立つ。テンションが上がってくるのを感じた。

国選弁護とは、弁護士に依頼する経済的余裕のない被疑者および被告人に、国が無償で弁護士をつける制度だ。報酬が安いので弁護士には敬遠されがちだが、小麦のような仕事に飢えているフリーの新米弁護士にとっては貴重な収入源の一つだった。

服を着替え、ＴＶをつけて煎茶《せんちゃ》を淹《い》れてから、ローテーブルの上でお弁当を開ける。賛否両論弁当は何度食べても感動する。十四種類のおかずと二種類のご飯。どれもすごく上品な味つけで、残すものなどなに一つない。特に鶏と大根の茶飯がめちゃめちゃ旨かった。値段は千六百円と少々お高めなのだが、小麦にとってのたまのプチ贅沢《ぜいたく》だった。

食後のお茶と煙草を味わいながら、ふと思い出して菅原道春の携帯に電話をかけてみる。今回はすぐに「電源が入っていないか、電波の届かないところに――」というメッセージが流れた。

この先どうすればいいのだろうか。ただひたすら、古賀スミ子に菅原道春から連絡があるのを待つしかないのだろうか。

いつしかＴＶはバラエティ番組が終わり、夜十時のニュース番組が始まった。トップニュースは、先月東京都江東区の東雲で発生した殺人事件の続報だった。ほとんど手がかりがないと報じられていた事件に、有力な目撃情報が寄せられたのだという。

倉庫内のオフィスで三人の男性が拳銃で頭を撃たれて死亡しているのが見つかったという事件だ。金庫の扉が開いたままになっていることから、強盗目的と見られていた。

報道を見て名乗り出た目撃者は、いずれも二十代のカップルだった。デート中に、事件現場である倉庫の前に車を駐めて話をしていると、倉庫から出てきた三十代と思われる男が運転席の窓から車の中を覗き込んできた。気味が悪いのですぐに車を移動させた。僅かな時間ではあったが男女ともに至近距離から男の顔をはっきり見ていた。その時間帯と、遺体の死亡推定時刻が一致しているのだという。

警視庁東京湾岸警察署に設置されている特別捜査本部は、この目撃情報によって一気に捜査が進展するものと確信している、とのコメントを発表していた。

拳銃で三人を射殺。まるで海外のニュースのようだった。日本では滅多にこの手の事件は起きないし、起きた場合でも、現行犯逮捕か、犯人が自ら出頭してきたケースでなければ、なかなか犯人検挙には至らないのが現実だ。

八王子のスーパーで女性従業員三人が拳銃で射殺された事件も、発生から四半世紀が経過した現在も解決を見ていない。今回の事件は、この目撃情報によって犯人が逮捕されるのだろうか。

それにしても、と小麦は思う。こんな事件の裁判を担当する弁護人は、どんな気持ちで戦うのだろうか。

強殺《ごうさつ》で三人を殺害。間違いなく死刑が求刑される案件だ。同情の余地のない、許しがたい犯人を、どんな気持ちで弁護するのだろうか。どのような罪状であろうとも、被告人の利益のために最大限の努力をするのが弁護人の役割だということはわかっている。だが、できることならそういう案件には関わりたくないな。そう思った。

横浜市中《なか》区の産業貿易センタービル十階にある法テラス神奈川の会議室に入ると、すでに若手の弁護士が十数人集まっていたが、小麦の知っている顔はなかった。

やがて国選弁護指名打診の抽選が始まった。小さい番号を引いた者から順に、多くの事件の中から一つを選ぶことができ、残りが次の順番の者に廻ってくる、というシステムだ。

運良く小麦は三番手になれた。なんとかいい案件にありつけそうだ。

今回の指名打診は被疑者国選ではなく被告人国選なので、廻ってくる事件記録は全て起訴済みのものばかりだった。

被告人国選における、いい案件とはどういうものか。それは、被告人が罪を認めていること、事実関係に争いがないこと、公判が一日で結審すること、という条件に適《かな》う案件だ。

被告人が起訴内容を否認していたり、事実関係について検察側の主張と被告人の主張とに食い違いがあれば裁判は複雑になり、長期化する。当然弁護人の仕事も増える。反証のための調査や証人の確保に膨大な時間と労力を費やすことになる。とても八万円程度の国選弁護報酬では割りに合わない。

廻ってきた起訴状の山にざっと目を通していく。ああ、これならいけそうだ。一つを選んで、残りを次の人に廻した。

仲間内の喧嘩沙汰による傷害事件。被害者の怪我は鼻骨骨折で加療四週間。間近で一部始終を見ていた目撃者もおり、被告人も起訴内容を全面的に認めている。一切の争いがなかった。

これならば一度か二度の拘置所での接見と、一日だけの公判で終わるだろう。有罪判決は免《まぬか》れないが、被告人には前科もないのでおそらく執行猶予が取れるはずだ。

選んだ事件の連絡票に署名押印して提出し、指名通知書を受け取ると、国選弁護人選任命令を受けるために横浜地方裁判所に向かった。

地裁を出ると、そのまま横浜市港南区《こうなん》にある横浜拘置支所にやってきた。被告人と初回接見をするためだ。受付で面会申込書を提出し、面会整理票を受け取って奥に進む。

一般の待合室は人で混み合っていた。その半数は、見るからにヤクザ、といった感じのスーツ姿の厳つい男たちだ。その部屋を抜けて弁護人待合室に入る。そこは無人だった。

やがてアナウンスで小麦の番号が呼ばれた。待合室を出て接見室に進み、係の職員に整理票を見せると、三号室に入るよう指示される。

狭い部屋の、透明なアクリルの仕切り板の前に座って待っていると、ほどなく奥のドアが開いた。職員に促《うなが》されて、上下黒のジャージを着た被告人が入ってくる。

窶《やつ》れて、打ちひしがれている被告人の姿を想像していたのだが、まるっきり逆だった。堂々として落ち着いた様子の、短い髪に無精髭《ひげ》の厳つい男だった。左眼の黒目が白っぽく濁《にご》っている。冷たい眼をしていた。背が高く筋肉質だが耳は潰れていない。

「中尾《なかお》さんですね？」

小麦は椅子から起ち上がって言った。被告人の名は中尾雄大《ゆうだい》。三十三歳。職業は会社員。そう起訴状には書いてあったのだが、どう見てもカタギじゃない人種なのはあきらかだった。早くも後悔が襲ってきた。だが、すでに手遅れだった。

「国選弁護人に選任されました、杉浦です」

そう言って軽く会釈をした。中尾は椅子に腰を下ろすと小麦の上着の襟の弁護士バッジを確認するように視線を動かし、口の端を歪めて白い歯を見せた。

「こりゃまた、ずいぶんと可愛らしい弁護士さんだな」

それはハンサムと言えなくもない笑顔だった。そしてこの場合の、可愛らしい、が、幼い、という意味であることははっきりとわかった。

「元気そうですね。健康状態になにか問題はありませんか？」

小麦は言った。

「ああ、別に問題ないね」

中尾が言った。なぜこの人はこんなにも落ち着いていられるのだろうか。逮捕され、おそらく有罪判決を受けることに不安を感じないのだろうか。余裕すら感じるその態度に、小麦は違和感を覚えた。少なくとも初犯の被告人の態度じゃない。そう思った。

「わたしはまだ起訴状しか読んでいませんが、事実関係を争うつもりはないんですね？」

検察庁で、先に事件記録の閲覧をすることも可能ではあったのだが、予断を持たずに被告人と接するためにも、初回の接見はできるだけ早いほうがいい、と司法修習で教わっていた。

「ああ、俺はなにも争わない。反省してるからね」

中尾のその風貌と態度からは、あまりにもそぐわない発言に聞こえた。

「喧嘩の原因は？」

「喧嘩じゃない。多少の口論はあったけど、俺が一方的に殴っただけだ」

「相手からの反撃は一切なかった？」

「ああ、あいつごときのパンチが俺に当たるわけがない」

「では、その左眼は？」

「ああ、これか？」

中尾が左眼を大きく見開いて見せ、

「これは昔のヤツでね、失明してるんだ。どうしてこうなったか聞きたいか？」

と、薄笑いを浮かべた。

「いえ、本件と無関係なら大丈夫です。被害者との人間関係はどうだったんです？」

被害者の隅田《すみだ》賢人《けんと》は二十七歳。中尾の勤務する会社の同僚だという。

「あいつは俺が可愛がってる後輩でね。いい奴だよ」

「だったらなぜ、鼻の骨が折れるほど殴ったんです？」

「折るつもりだったわけじゃない。たまたまだ。あいつがなにか、気に障《さわ》ることでも言ったんだろうな。酔ってたんで、なにも覚えてなくてね」

「事件が起きたのは午後四時ごろですよね？　その時間に、もう酔っ払ってたんですか？」

「仕事がない日は朝から飲んでるよ」

「でも、事件の現場は勤務先の事務所ですよ。会社で酒を飲んでたんですか？」

「ウチはカジュアルな社風の企業だからね」

「お勤め先の、日南《にちなん》商会というのは、なんの会社ですか？」

「貿易関係。日本の中古車を、ロシアや東南アジアに輸出してる」

「…………」

なんとなく雰囲気が摑めた気がした。

「保釈を申請しますか？」

「いや、保釈金が払えない。それよりもとっとと裁判終わらせて、早く罰を受けたいね」

この被告人には一切の迷いがない。そう思った。まるで、あらかじめ全てが決められているかのように。

「どなたか、情状証人になってくださる方はいますか？」

執行猶予を取るためには、被告人のいい面をアピールしたり、再犯を犯さないように監督すると約束してくれる人物が必要だ。

「ああ、社長なら引き受けてくれるんじゃないかな」

社長とは、今回の事件の目撃者として起訴状にも記載されている、日南商会経営者、津《つ》川《がわ》克之《かつゆき》五十六歳、その人だった。

5

「電話でお約束させていただきました、弁護士の杉浦です」

小麦はインターホンに向かって言った。

横浜市金沢区にある、雑草が生い茂った空き地のような四百坪ほどの敷地の端にポツンと建つプレハブの小ぢんまりした建物だった。ドアの脇には陽《ひ》に灼《や》けて色が薄くなった〈日南商会〉と書かれたプレートがある。建物の周囲には七、八台の乗用車が駐まっていた。

やがてドアが開き、背が高く恰幅《かっぷく》のいい男性が姿を見せた。無言で小麦を見つめる。

「あの、津川克之さんでしょうか？」

鼻の下と顎に白髪混じりの髭があった。チェックのネルシャツにワークパンツ、足元はゴツい編み上げのブーツ。

「ああ、入ってくれ」

津川はドアを大きく開けて小麦を通した。あと帽子とライフルがあれば、これから北米の森林に鹿狩りにでも出かけそうな雰囲気だ。

室内は二十畳ほどの簡素なオフィスだった。手前に応接セット、その先に事務机が四つ、奥に社長用と思しき大振りな木製のデスクがあり、壁にはスチール製の書類棚とロッカーが一つずつ置いてあるだけだ。

「どうぞ」

勧《すす》められるままに来客用のソファーに腰を下ろす。津川が正面のソファーに座った。厳《きび》しい顔をしていた。いまの気分がそうさせているのではなく、普段からこういう顔をしている人なのだろうと思った。こんな、超零細の企業の社長らしからぬ威厳《いげん》を備《そな》えた人物だった。

「早々にお時間を取って下さって、ありがとうございます」

小麦はそう言って頭を下げ、名刺を差し出した。津川は名刺を一瞥《いちべつ》するとテーブルに置き、

「お世話になります」

それだけ言った。

「お電話の際にお話しした、情状証人の件はご検討いただけましたか？」

小麦は言った。

「ええ」

津川の言葉の続きを待ったが、それで終わりだった。

「あの、お引き受けいただけるんでしょうか？」

「ええ」

またも返事はそれだけだった。

「えー、事件の一部始終を目撃されたということですが、原因はなんだったんでしょう？」

「わからない」

「でも……」

「私は仕事でパソコンに向かっていた。彼らはこのソファーに座っていて、なにか口論しているようだったが内容まではわからない。そのうちに中尾が起ち上がって隅田を殴り始めた」

「それで？」

「私はやめろと言った。中尾はやめなかった。隅田が鼻血を出した。それでも中尾はやめなかった。隅田がそこの便所に逃げ込んだ。中から鍵をかけて携帯で一一〇番に電話した」

「それで、中尾さんはどうしたんです？」

「警察に通報されたことを知ると、中尾は首にかけていたタオルで拳《こぶし》の血を拭《ぬぐ》いながらこの建物から出ていった。私が見たのはそれだけだ」

「…………」

まるで箇条書きの文章のような説明だった。なんだろう、この感情の欠如は。自分が経営する会社の社員同士のトラブルが目の前で発生し、片方が怪我をし、警察沙汰になったというのに、他人事《ひとごと》のような無関心さはどういうことなのか？

「なぜ中尾さんがここを出ていくのを止めなかったんです？」

小麦は言った。

「止める理由がない」

津川はそう答えた。

「他人に暴力を振るってその場を離れれば、逃亡と見なされます。この場に留《とど》まって駆けつけた警察官に対応し、被害者と和解すれば、刑事事件にならずに済んだかも知れないんです」

「刑事事件になったほうがいいと思った」

「え!?」

「隅田が刑事事件を望んだ。この場合、被害者の意思を尊重するべきじゃないかな？」

津川が、微かに笑ったように見えた。

「…………」

わからない。被告人の中尾も、この津川も、一般人の常識の埒外《らちがい》で生きている。そしてそれを隠そうともしていない。いったいこの人たちはなんなのか。

「えー、執行猶予を取るためには、被害者との示談が成立しているかどうかも重要なポイントになります。被害者の隅田さんは、示談に応じてくれるでしょうか？」

「カネをくれると言われれば、どんなカネでも喜んで受け取る種類の人間だ」

津川が無表情にそう言った。

「でも中尾さんはおカネがないと言っています。分割払いでも大丈夫ですかね？」

「その分は私が中尾に貸すよ。中尾の給料から月々回収していく」

「……ということは、中尾さんを解雇するおつもりはない、と？」

「解雇する理由がない」

「………」

「隅田には五十万も渡せばいいだろう。その線で進めてもらいたい」

「わかりました」

小麦には、それしか言うべき言葉がなかった。


被害者の隅田賢人とは、みなとみらいの喫茶店で会うことになった。隅田がそう指定してきたからだ。にもかかわらず、約束の時間に十五分遅れてカフェ・ベローチェに姿を見せた隅田は、初対面でもすぐにそれとわかった。

顔の中央に、折れた鼻を保護するベージュのプロテクターが絆創膏で留めてある。それだけでこの男が犯罪者のように見えた。なにかの映画で、そんなイメージを刷り込まれてしまったのだろうか。

髪は長めで額を前髪が覆っている。背は普通。体格も普通。グレーのパーカーの上にデニムのジャケットを着てチノパンを穿いている。鼻のプロテクター以外は普通の若者に見えた。

「あれ、あんたが弁護士さん？」

起ち上がった小麦に近づいてきて隅田が言った。鼻の怪我のせいか、くぐもった声だった。

「弁護士の杉浦です」

そう言って小麦は丁寧にお辞儀をした。被告人の代理人として、示談の話をするために被害者と会う際には、謝罪の気持ちを表さなければならない。

「なんだよ、カワイイじゃん」

独り言のようにそう言うと隅田は、アイスコーヒーが載ったトレイをテーブルに置いて小麦の正面に腰を下ろした。

この場合のカワイイは、素直に受け取っておくべきなのだろうか。小麦は椅子に座ると、

「お怪我の具合はいかがですか？」

とりあえず聞かなかったことにして、そう言った。

「こんなの平気だよ、って言いたいとこだけど、やっぱ痛いよね」

「ですよね……」

「なんか、食い物の味もよくわかんないしさ」

「お察しします」

小麦もかつて、試合中に鼻の骨を折ったことがある。だがそれを言い出すと話が長くなりそうなので、本題を切り出すことにした。

「電話でお伝えしたように、示談の件でご足労いただいたんですが……」

「ああ、さっき社長から電話があって、五十万で示談に応じろ、って……」

隅田が言った。

「俺にはそれにＮＯと言う選択肢はないんだ」

「社長の命令は絶対、ですか？」

意図せずに、王様ゲームのような言い方をしてしまった。

「普通、社長ってそんなもんなんじゃねーの？」

隅田は普通にそう言った。

アンタんとこの社長は普通じゃないだろッ！　そうツッコミたいところだったが我慢することにした。ただ少なくとも隅田は、中尾や津川に比べればずっと一般人に近い、ということだけはわかった。

「では、治療費と慰藉《いしゃ》料合わせて五十万円で、示談にご同意いただけたということで――」

バッグから示談書とボールペンと朱肉を取り出し、示談書を隅田の前に置いた。

「こちらをよくお読みいただいて、署名捺印をお願いしたいんですが……」

「ああ、了解」

隅田は小麦のボールペンを手に取ると、いきなり示談書の下部の署名欄に名前を書き出した。

「え？　読まないんですか？」

「俺に選択肢はないって言ったろ？」

薄笑いを浮かべて隅田が言った。ポケットから三文判のケースを取り出す。

「…………」

小麦はせっかく作った初めての示談書に、目も通してもらえないのが悲しかった。

署名捺印が済むと、アイスコーヒーを啜《すす》ってから隅田が言った。

「示談が成立したからといって、あの人が無罪になる、なんてことはないんだよね？」

「ええ、それはありません。あとは執行猶予が取れるかどうかってとこですね」

「じゃあ有罪は確定？」

「ええ、本人が認めちゃってますから」

「へえ、罪を認めたら、イコール有罪？」

「そりゃそうですよ。やってるのに、やってない、って言う人はいても、やってもいないのに、やった、って言う人なんていませんから」

「…………」

「……後悔してるんですか？」

「ん？　なにが？」

「いえ、中尾さんとは親しくされていたと伺《うかが》ったもんですから……」

「そうだよ、俺はあの人のこと尊敬してるからね」

「だから、あのときは殴られて腹が立って警察に通報しちゃったけど、別に中尾さんを前科者にしたいとまでは思っていなかった、とか……」

「いやいやいや有罪にはなってもらわないと、俺、鼻まで折られちゃってんだから……」

隅田はおどけた口調で言った。

意味がわからない。やっぱりこの男も一般人の常識とはズレているのか。

「そもそも、揉め事の原因はなんだったんです？」

小麦は訊ねた。この男なら、それを知っているはずだからだ。

「わかんねーんだよね」

ニヤニヤしながら隅田が言った。

「酔ってたから、なんも覚えてなくてね」

「…………」

もうどうでもいい。しょせんこの人たちは、よくわからない世界の住人だ。

「ところで、このあとヒマ？」

「は？」

「せっかくだから、どっか飲みに行かない？」

「では、これで失礼します」

小麦は自分のコーヒーカップが載ったトレイとバッグを手に起ち上がった。鼻のプロテクターが取れてから出直してこい。そう思った。

6

受付開始の朝九時半に、横浜市中区の横浜地方検察庁に行った。記録閲覧室で検察官開示記録の全てを謄写《とうしゃ》し、百枚以上のコピーを抱えて自宅に戻る。

　時間をかけて記録を精査していくが、津川社長から聞いた説明と印象は変わらなかった。この事件には熱がない。そう思った。

　2月23日、神奈川県警察本部通信指令室に、本件被害者隅田賢人（当27年）から「会社の同僚に殴られ怪我をした。トイレに逃げ込んだが、さらに殴られるのでトイレから出られない。すぐに来てほしい」旨の一一〇番通報が入った。入電時間16時22分。神奈川県警金沢警察署の署員が臨場したのが同日16時31分。

被害者および犯行現場に居合わせた目撃者津川克之（当56年）より聴取を行った結果、事件として受理することに決定した。

翌24日05時30分に金沢警察署捜査一係の捜査員が、被告人中尾雄大（当33年）の自宅アパートを訪問。逮捕状および捜索差押許可状を提示し、同日05時35分に通常逮捕。捜索の際に室内から血痕が付着したタオルを発見し押収した。

犯行当時被告人は酩酊《めいてい》しており、動機についての記憶は有していないものの、些細《ささい》な口論から被害者の顔面を数回に亘《わた》り殴打し、加療四週間を要する鼻骨骨折の傷害を負わせた事実を認めている。後のＤＮＡ検査により、押収したタオルに付着していた血液は、被害者隅田賢人のものであると断定された。

事実関係はこれだけだった。

あまりにも、理路整然としすぎている。そう感じた。

変な言い方だが、現実の事件なのにリアリティがなかった。怒り、とか、恐怖、といった人間らしい感情もなければ、事件現場の生々《なまなま》しさも存在しない。

弁護士として刑事事件を扱うのは初めてだが、ロースクール時代や司法修習の際に様々な事件記録に目を通してきた。どれもリアルで生々しかった。人間の嫌な部分や、愚かな部分が色濃く滲《にじ》んでいた。だがこの事件にはそれがない。

初めての刑事事件に、過敏《ナーバス》になっているのだろうか。そんな気がしてきた。

少し力《りき》みすぎていたのかも知れない。だから事件のあまりのシンプルさに肩透《かたす》かしを食らったような気になっているのだろう。

国選弁護の案件が簡単すぎて悪いはずがない。来月の初旬に予定されている公判日まで、もうなにもすることがなかった。法廷でも特に頑張る必要もない。そして即日結審して、その一週間後に判決が出る。それで終了。

初めての裁判が、楽な事件でよかった、と喜ぶべきなのだ。そう思うことにした。それならば菅原道春の件に力を注ごうじゃないか。

早速古賀スミ子に電話をかけることにした。スマホの通話履歴を開く。そこで指が止まった。いままで小麦がかけていたのは、全て古賀スミ子宅の固定電話だった。だが最近古賀スミ子のほうからかかってきた二件は、いずれも０９０で始まる携帯電話からだった。携帯のほうにかけてみることにした。

「小麦ちゃんね？」

古賀スミ子が弾んだ声を出した。そして申しわけなさそうに、

「こないだは、わざわざ熊本まで来てくれとったとに、ごめんなさいね」

と言った。

「いえいえいえ、こちらこそせっかくだからスミ子さんにご挨拶に伺いたかったのに、申しわけありませんでした」

小麦は正直に言った。だが、ホテル代がもったいないからだとは言えなかった。

「……小麦ちゃんに会いたかったねえ」

「わたしも会いたいです。必ずその機会を作りますから……」

確信はなかったが、正直な気持ちだった。

「うん、待っとるけんね」

「それで、一つ確認したいことがあるんですけど……」

「なんね？」

「先日の、道春さんからの、葬儀には帰ってこられないという電話は、スミ子さんの携帯電話にかかってきたんですよね？」

「そうよ。あたしはもう斎場におったけんね」

「三年前にかかってきたときは、家の電話ですよね？」

「そうそう、あの子は昔から変わっとらん家の番号しか知らんかったけん」

「じゃあいままでスミ子さんが道春さんにかけたときは、いつも携帯電話からですか？」

「そうよ。最近は家の電話にはほとんど誰もかけてこんし、かかってきても、オレオレ詐欺じゃなかろうかー、いう感じやから、いつでん携帯ばっかりよ」

「でも、道春さんにスミ子さんの携帯の番号を教えたことはないんですよね？」

「え？　教えとらんでもこっちからかけたら向こうに番号が出るとでしょ？　だって道春ちゃんからあたしの携帯にかかってきとるんやから……」

「はい、大丈夫です。わかりました」

それからは、しばらく古賀スミ子の近況や愚痴《ぐち》を聞いて、一時間ほどで電話を終えた。

これではっきりした。菅原道春は、知らない番号から電話がかかってきても、一切応答しない種類の人間だ。

三年前、古賀スミ子宅の固定電話に電話をした際に自分の携帯の番号を伝えたが、古賀スミ子は自宅の固定電話からかけてくるものと思っていた。だから古賀スミ子が何度携帯で電話をかけても、知らない番号なので無視した。小麦からの電話に応答がないのもそのせいだ。

だが、菅原道春の祖父の道之介が亡くなった際に、古賀スミ子は初めて留守電にメッセージを残した。それでその番号が古賀スミ子のものだとわかり、菅原道春は初めて古賀スミ子の携帯に電話をかけてきた。そういうことなのだ。

ということは、今後は、古賀スミ子が携帯からかけても応答する可能性がある、ということであり、小麦がいくらかけ続けても永遠に応答はない、ということだ。

これはもう留守電にメッセージを残すしかない。そう決意した。しばし文言《もんごん》を考えてから菅原道春に電話をかける。

「おかけになった電話は、電源が入っていないか、電波の届かないところに——」

おいおい。

そのとき、手の中のスマホが鳴り出した。弁護士会での小麦の指導担当である蟹江弁護士からだった。慌てて電話に出た。

「あ、杉浦です！」

「どうも蟹江です。何度か電話もらったみたいだけど、放ったらかしで申しわけない」

「いえいえ、先生がお忙しいのは重々承知しておりますので……」

「僕はきょう、地裁に出廷したあと弁護士会館に寄る用事があってね、そのあとなら少し時間が取れるけど、杉浦先生のご都合はどうかな？」

「問題ありません。伺います」

「じゃあ、午後二時に面談室を押さえておくから……」

「ありがとうございますッ！」


昼食を済ませてから、本日二度目の日本大通《にほんおおどお》りに向かった。

神奈川県弁護士会館は、横浜地裁や横浜地検のすぐ側《そば》に建つ六階建てのビルだ。一階には関内《かんない》本部法律相談センターがあり、小麦も新人研修の一環として法律相談に従事したことがあった。

約束の時間よりも早く面談室に入ると、すでに蟹江はそこに座っていた。

「あ、お待たせして申しわけありません」

蟹江は読んでいた書類から顔を上げると腕時計に目をやって、

「いや、まだ五分前です。前の用件が早く済んだんで、ここで仕事をしてただけでね。どうぞ」

と、掌で向かい側の椅子を小麦に勧めた。

「で、最近の調子はどうかな？」

小麦が腰を下ろし、荷物を隣の椅子に置くのを待って蟹江が言った。

蟹江敏彦《としひこ》は四十代半ばの、法曹資格を得て二十年になるベテラン弁護士だ。中肉中背で、髪は薄くなってはおらず、質の良いスーツとメタルフレームの眼鏡がよく似合い、いかにも頭が良さそうな顔立ちをしている。

「えー、民事の案件を一つと、国選の案件が一つで、あとは法教育委員会の活動と市の無料法律相談がちょこちょこ、ってとこですね」

「なるほど。……国選はともかく、民事のほうは有望そうな案件かな？」

「相続案件なんですが、まぁ、運が良ければ、って感じで……」

小麦はざっくりと内容を説明したが、成功報酬については伏せておいた。数千万円の報酬か、タダ働きかだと言ったら叱《しか》られそうな気がしたからだ。

「ほう、それは有望だね。ついでにその菅原なる人物の代理人も引き受ければいい。そうすれば双方からかなりの額の報酬が見込める」

「でも、どうやって見つければいいのか……」

「そこまで行ってれば、もう見つけたも同然だよ。そのうちにコンタクトできるだろう」

「留守電には、どうメッセージを残せばいいんでしょう？」

「そうだな、一般の人は弁護士から電話がかかってきたというだけで、変に怯《おび》えたり警戒したりするから気をつけなければならないね。借金を抱えているような人は特にね」

「携帯キャリアの企業に情報開示を求める、というのも考えてはみたんですが、個人情報保護法との絡みでどこまで行けるものなのか……」

「電話料金の引き落とし口座が判明すればかなり有効だけど、ちょっと望み薄だな……」

「やはり、留守電しかないんですかね？」

「まぁ、僕があなたの立場なら、思い切ってしばらく天草に滞在して、その叔母さんの携帯から電話をかけ続けるだろうね。それが一番手っ取り早い」

「えー、かなり経費がかかりますよ」

「経費は依頼人が払うんじゃないか。この手の案件はたっぷりと時間をかけて、その分報酬請求に回すんだよ」

成功報酬制であることを言っておかなかったのを後悔したが、手遅れだった。

「でも、国選弁護のほうもありますし……」

「どうせそっちはすぐに済むんだろ？」

「ええ、それはそうなんですけど……」

そのとき、小麦のスマホが鳴り出した。

「出て構わないよ。ちょっとトイレに行ってくる」

蟹江が起ち上がると、小麦はバッグからスマホを取り出した。知らない番号からだった。

「はい」

「弁護士の杉浦先生でしょうか？」

中年の男性の声だ。

「はい、杉浦ですが……」

「私《わたくし》、警視庁捜査一課の河島《かわしま》と申します」

「警視庁？」

「お目にかかってお話ししなければならないことがあります。きょうこれからのご予定は？」

「きょう、ですか？」

別になんの予定もないのだが、ヒマであることをアピールする必要もなかった。

「申しわけありません。一刻も早くお目にかかりたいんです」

断固とした口調だった。

「わかりました、調整します。わたしはいま神奈川県弁護士会館におりますので、そちらに来ていただければ……」

「ありがとうございます。一時間以内に伺います」

応える暇《いとま》もなく電話が切れた。

警視庁の捜査一課が、いったいわたしになんの用があるというのだろう。考えられるとすれば国選弁護の案件しかないのだが、神奈川県で発生し、神奈川県警が処理した傷害事件に、東京の警視庁が首を突っ込んでくる理由がわからない。

「新しい依頼でも入ったかい？」

戻ってきた蟹江が言った。

「いえ、警視庁捜査一課からでした」

「ん？　どういうこと？」

「わかりません。国選のほうとの絡みかな、と……」

「それは、どういう案件？」

小麦は簡潔に事件の内容を話した。説明に時間はかからなかった。

「なるほど。その被告人は、都内でのなんらかの事件にも関与している疑いがある、ということなんだろうね。こちらで拘束されているあいだに余罪を追及したいんじゃないかな」

「でも、なぜそれをわたしに？」

「さぁ、保釈申請の確認とかかな？　いずれにしろ大したことじゃない」

「ですよね」

「じゃあ、きょうはこんなところで大丈夫かな？」

「はい、ありがとうございました」

「ではでは、またなにかあったら連絡下さい」

蟹江は、腕時計を見て足早に部屋を出ていった。


警視庁の捜査員がやってきたとき、電話からまだ四十分ほどしか経っていなかった。面談室に入ってきたのは二人で、一人はいかにも古強者《ふるつわもの》のデカといった印象の固太りの五十代、もう一人は痩《や》せていて背が高く、ちょっと頼りなげな感じの三十前後だ。

「急にお時間いただいて申しわけありません」

年嵩《としかさ》のほうが言って名刺を差し出す。若いほうもそれに続く。小麦も二人に名刺を渡した。

年嵩のほうが警視庁捜査一課の河島武晴《たけはる》。若いほうが湾岸署捜査一係の三村涼介《みむらりょうすけ》。

「で、どういったご用件でしょうか？」

全員が椅子に腰を落ち着けると小麦が言った。

「我々は、先月東雲で発生した殺人事件を捜査しておりまして……」

若いほうの三村が言った。

「え？　あの、三人が拳銃で射殺された？」

「そうです。……杉浦先生は、中尾雄大の弁護人を務めておられますよね？」

「ええ、それがなにか？」

「その事件も、東雲のコロシも、どちらも二月二十三日の午後四時ごろに発生しています」

「は？」

「そして我々は、東雲の実行犯は中尾雄大に間違いないと見ています」

「え!?」

「そっちの傷害事件は……」

ベテランの河島が言った。

「偽装なんですわ」

小麦の息が止まった。

Komugi's Court

第2章

小麦の葛藤

1

霞《かすみ》が関《せき》の警視庁本部通信指令センターにその一一〇番の入電があったのは、二月二十五日の朝九時過ぎのことだった。宅配便の配送員からのもので、人が三人血まみれで倒れている、という通報だった。

センターからの指令を受け、東京湾岸警察署捜査一係の三村涼介は東雲二丁目の倉庫内にある古物商・安東美《あんどうび》工《こう》の事務所に急行した。

男が三人、頭部に銃弾を受けて即死していた。うち一人は、腰骨にも銃弾一発が撃ち込まれている。素人の犯行ではないのは、誰の目にもあきらかだった。

事務所内の金庫の扉は開いたままで、現金は残されていない。床に自動拳銃一丁が落ちていた他、デスクの抽出しからも自動拳銃二丁が発見された。

単なる強盗事件ではない。裏社会の連中同士の抗争なのだろうか。三村はそう思った。

その日のうちに警視庁本部と湾岸署合同の特別捜査本部が設置され、三村は捜査一課強行犯のベテラン捜査員である河島と組むことになった。

第一回捜査会議で被害者の身元が報告された。安東美工代表の安東太津朗《たつお》五十五歳。同・共同代表の木崎周平《しゅうへい》四十六歳。同・従業員の佐野《さの》拓也《たくや》三十一歳。いずれも広域指定暴力団・国吉《くによし》会系のヤクザ組織を破門になった男たちだった。

表向きは古物商の看板を掲げているものの、実態は反社会的勢力による組織的犯罪グループであると目されていた。

死体検案の結果、被害者はいずれも死後三十六時間以上が経過しており、死亡推定時刻は二月二十三日午後三時から午後五時ごろと判明した。

鑑識からの報告によると、指紋やゲソ痕、遺留品等、犯人に繋がる手がかりは得られていないという。犯行現場である倉庫には四台の監視カメラが設置されていたが、それらの映像は一台のハードディスクに録画されるようになっており、当該ハードディスクが銃弾一発を撃ち込まれた上で破壊されていたため、全てのデータが失われていた。

殺害およびハードディスクの破壊に使用された銃弾は全て・38口径だった。旋条痕により同一の回転式拳銃から発射されていることが判明したため、実行犯は一名であると断定された。

被害者周辺の人物からの聴取、目撃者の発見、近隣の防犯カメラの映像による不審人物および不審車輛の絞り込み等の捜査方針が示され、百五十人体制による捜査が始まった。

やがて防犯カメラの映像から二台の不審車輛が浮上した。黒のセダンと白のミニバンだった。黒のセダンは、15時54分に現場付近に現れ16時18分に走り去っている。白のミニバンは、16時03分に現れて16時15分に走り去っていた。この二台の車輛の、少なくともどちらか一台は事件に関与しているのが間違いないと思われた。

その後の調べにより、黒のセダンは二〇〇九年式のトヨタ・マークX２５０Ｇ、白のミニバンは二〇一九年式の日産セレナ2.0ＸＶであることが判明した。

白のセレナは防犯カメラを横切る映像が多く、ナンバープレートを読み取ることができる映像はなかった。黒のマークXのほうは防犯カメラの映像でもナンバープレートが明瞭に読み取れたため、関東運輸局のデータベースでの検索が行われたが該当する車輛は登録されていなかった。おそらく盗難車のナンバープレートの数字を改竄《かいざん》した偽造プレートであろうと思料《しりょう》された。

特別捜査本部は、この黒のマークXを殺害犯が使用した車輛だと断定し、その行方を追った。数珠《じゅず》繋ぎにエリアを拡げながら防犯カメラの映像がチェックされ、Ｎシステムのデータとも照合されたが、渋谷区に入った辺《あた》りで当該車輛は姿を消していた。

直《ただ》ちに捜査員が渋谷区内に散り、駐車場を一箇所ずつ捜索して廻った。やがて一台のマークXが発見された。ナンバーは一致していないものの、その二〇〇九年式マークX２５０Ｇは、事件が発生した二月二十三日の16時57分から数日に亘《わた》って駐めっ放しになっていた。車内やトランクが徹底して捜索されたが、一切の指紋も遺留品も残されてはいなかった。後にそのマークXは、半年ほど前に千葉県内で盗まれたものであることが判明した。

駐車場の防犯カメラには、その黒のマークXが駐められた直後に駐車場を出ていく一人の男が写っていた。鼻と口は白のマスクで覆われ、特徴のない黒の野球帽に黒の革コート。背中に黒のリュックサックを背負っていた。

周辺の防犯カメラがくまなくチェックされたが、大して後を追うことはできなかった。帽子や上着を脱いで人混みに紛《まぎ》れられたり、防犯カメラが設置されていない脇道に入られたらそれまでだ。殺害犯と思しき男の追跡はそこで終わった。

犯人《ホシ》はプロだ。しかもかなり質の高いプロの犯罪者だ。このことは、特別捜査本部のメンバー全員の胸に刻まれていた。

被害者の関係者からの聴取も成果を挙げてはいなかった。なにかを知っていそうな者は固く口を閉ざし、そうでない者は眉唾《まゆつば》ものの噂話を得意げに披露してくるばかりだった。

犯人に繋がるこれといった手がかりも見つからないまま、捜査に着手してから一週間が過ぎ、十日が過ぎた。特別捜査本部に沈鬱な空気が澱《よど》み始めていた。そんなとき、報道を見たと言って白のセレナのオーナーが名乗り出てきた。埼玉県在住の男性だった。犯人らしき男を目撃したのだという。俄《にわか》に特別捜査本部に活気が漲《みなぎ》った。

目撃者の聴取は河島と三村が担当することになった。セレナを運転していた井上《いのうえ》光輝《みつき》二十四歳を河島が、同乗していたガールフレンドの永井《ながい》遥香《はるか》二十歳を三村が受け持った。

ちょっとイチャイチャできる場所を探しててあそこに駐めたんだけど、と永井遥香は言った。

「気がついたら男の人が車の中を覗いてて……」

「年齢は、どのくらいでしたか？」

「三十、……ぐらいかな？　若いって感じでもないし、おじさんってほどでもないし……。黒の革ジャン？　コートかな？　とにかく黒の革の上着を着てて……」

「顔をはっきり見ましたか？」

「見ました。しっかり目が合っちゃったんで……。ちょいワルなタイプ？　髪は短くて、無精髭で、こっちの眼が……」

そう言って永井遥香は自分の左眼を指差す。

「カラコン？　ハロウィンのときみたいな白い、不気味な感じの……」

「え？」

三村の胸に細波《さざなみ》が立った。

「最初は、勝手にそこに駐めてるのを怒られるのかと思ったんだけど、その眼を見たら、なんか気味悪くなって……」

「左の眼の黒目が、白かったんですね？」

三村は興奮を抑えて言った。

「そう」

「しばらく、このままでお待ち下さい」

小会議室の一角のパイプ椅子から起ち上がると、三村は捜査課の大部屋に走った。刑事《デカ》部屋の出入りのドア口から、隅の応接セットで井上光輝の聴取をしている河島に声をかける。

「河島さん！」

振り返った河島がドア口まで歩いてきて、三村の耳元に口を寄せて囁く。

「中尾雄大、だろ？」

「やっぱり……！」

「すぐに写真を用意してくれ」

中尾雄大とは、二年ほど前に湾岸署管内で発生した殺人事件の際、タレコミによって捜査線上に名前が浮上した男だった。裏社会における、殺しのプロ、と目されている人物なのだという。任意の聴取と行動監視が行われ、さらに軽罪の別件で逮捕して追及されたものの成果は得られず、処分保留のまま釈放されている。そしてその殺人事件は未《いま》だ未解決のままだった。

特別捜査本部付のスタッフに依頼して、逮捕時の中尾の写真と前科者リストから選び出された年格好が似た五人の男の写真を上下二段に三人ずつ並べ、前科者五人の左眼を中尾と揃えて白く加工したものと、中尾の左眼を右眼に合わせて黒く加工したものが用意された。

三村がさらに詳細に永井遥香から聴取をしているうちにスタッフから二枚のプリントアウトが届いた。三村はまず、全員の左眼が白いほうを永井遥香に見せた。

「この中に、あなたが目撃した男に似ている人物はいますか？」

永井遥香は一人一人の顔をじっくりと見ていったが、やがて、

「あ、この人」

そう言って下段中央の中尾の顔を指差した。

「間違いありませんか？」

「うん、絶対この人」

「じゃあこっちはどうです？」

三村はもう一枚の、全員の左眼が黒いほうを見せる。

「この人」

永井遥香は、上段左端の中尾を指差す。

「間違いなくこの人」

「………」

三村は聴取を終え、河島と合流した。河島も井上光輝から同様の反応を得ていた。

「こりゃ中尾雄大で決まりだな……」

河島はそう呟《つぶや》いた。

直ちに捜査指揮を取る西尾《にしお》管理官に報告し、最優先で中尾雄大の所在の確認と、徹底した行動監視が厳命された。すでに行方をくらましている虞《おそ》れがあった。

だが、中尾の所在確認に向かった捜査員からの報告は意外なものだった。

「中尾雄大は先月末に神奈川県警金沢署に逮捕されて、現在横浜拘置支所に収監中です」

「ほう、それは好都合だ。これで逃亡される懸念はなくなった」

西尾管理官が笑みを見せた。

「ですが……」

報告はまだ終わっていなかった。

「その逮捕容疑の傷害事件なんですが、発生が二月二十三日の午後四時ごろとなっています」

「なんだと⁉」

河島が大きな声を出した。報告はさらに続いた。

「すでに、横浜地検によって起訴済みです」

「ど、どういうことだ？」

西尾管理官が困惑した顔で河島を振り返る。

「アリバイ工作ですよ」

河島が断言した。息が荒くなっていた。

「東雲と横浜じゃあ、どうやっても移動に一時間はかかる。先に別の事件をでっち上げて有罪になってしまえば、日本の司法が中尾のアリバイを認めたことになる。もうこっちは中尾に指一本触れられなくなります」

「つまり、こういうことか……」

西尾管理官が状況を頭の中で整理しながら言った。

「中尾雄大は、東雲の現場でカップルに目撃されたことに危機感を覚え、横浜にいる仲間に対応を要請した。仲間たちは直ちに偽の傷害事件を作り上げ、口裏を合わせて、中尾の犯行であるとして事件化した。その後中尾は逮捕され、被疑事実を認める。これで有罪は確定だ。これにより二月二十三日午後四時のアリバイも確定し、東雲の事件の捜査対象からは永久に外れる」

「ですね……」

河島がため息とともに言った。特別捜査本部全体が沈黙に包まれた。

「とにかく……」

やがて西尾管理官が言葉を搾《しぼ》り出した。

「中尾の自宅および関係先のガサ状を請求して下さい」

特別捜査本部の副本部長である湾岸署刑事課長に言って、

「私は地検と協議してきます」

と、足早に部屋を出て行った。

「やられたな……」

河島が三村に向かって言った。

「でも、東京地検が横浜地検に掛け合って、なんとかしてくれるんじゃないですか？」

三村には、まだ事態の深刻さがわかっていなかった。

「だといいがな……」

河島の表情は険しかった。

2

「そ、そういうことだったんですか……」

小麦は三村の説明を聞いて、信じられない、という思いと、これで全てに合点《がてん》がゆく、という思いの両方を行き来していた。

自分にとっての初めての刑事事件が、凶悪殺人犯によるアリバイ偽装である、ということへの受け入れ難《がた》さとともに、中尾雄大の傷害事件に対して感じた違和感の全てに、納得できる解答を得た気がした。

「杉浦先生……」

両手の指を組み合わせ、前屈《かが》みになった河島が言った。

「なんとか中尾を、無罪にできませんか？」

「は？」

小麦は本気で驚いた。

「できるわけないじゃないですか。事件記録はお読みになったんですよね？」

「読みました」

「ガチガチもガチガチ、テッパン中のテッパンの案件ですよ」

小麦は、市の無料法律相談の際の、法律に無知な相談者に教え諭《さと》すような気分だった。

「それは承知しています」

三村が言った。

「ですが、このまま中尾雄大が有罪になれば、望み通りの判決を得た検察サイドが控訴するはずもなく、同じく望み通りの判決を得た被告人側が控訴するはずもなく、判決が確定してしまうんです。確定判決になったら、もう絶対に覆《くつがえ》すことはできません」

「だからって、その責任をわたしに負わせようっていうんですか？」

小麦は反駁《はんばく》した。

「わたしにそんな夢みたいなお願いをしてくる前に、横浜地検に掛け合って起訴を取り下げさせればいいじゃないですか」

「できなかった」

河島が言った。

「東京地検を通じて横浜地検に対し、公訴の取り消しが要請されたが拒否された」

「え!?　どうして？」

小麦には意味がわからなかった。

「ここに、横浜地検からの文書による回答の写しがあります」

三村が背広の内ポケットから一枚の折り畳んだ紙を取り出して拡げ、

「本件は、神奈川県警による厳正なる捜査を受けて、横浜地方検察庁が起訴相当の判断を下したものであり、捜査担当検察官および公判立会担当検察官のいずれにおいても一切の過誤《かご》、誤謬《ごびゅう》は存在しない。従って、本件起訴に対する東京地方検察庁および警視庁による、公訴の取り消しを求める要請には承諾できない旨の回答をせざるを得ない」

と、一気に読み上げていく。

「本件起訴に異議が存する場合に於《お》いては、横浜地方裁判所の判断が不可欠であり、公訴棄却の判断が下された際には横浜地方検察庁としてもこれを真摯《しんし》に受け止め、横浜地方裁判所の判断を尊重するに吝《やぶさ》かではないことを申し添えておく。……以上です」

三村はコピー用紙から小麦に視線を移した。

「役人っぽいですね……」

小麦は言った。検察官とは法曹資格を有している国家公務員であり、役人の体質が色濃く反映されている。役人とは誤謬や不正を認めることに徹底的に抵抗する生き物であり、検察官もその例外ではない。ましてや今回の件では、横浜地検の検察官にはなんのミスもなかった。当たり前の仕事を粛々《しゅくしゅく》と進めたに過ぎない。公訴の取り消しの要請を拒否するのは当然とも言えた。

ただ、社会的な影響を鑑《かんが》みて、裁判所の判断には従うという姿勢を見せることで後の責任問題を回避しようという態度なのはあきらかだった。

「まぁ、東京地検と横浜地検、警視庁と神奈川県警は、昔から不仲ですからね……」

三村が肩をすくめる。

「じゃあ、横浜地裁のほうはどうなんです？」

小麦は三村に訊ねた。

「裁判所のほうは純粋に法律論議です。公訴を棄却させたければ、それ相応の証拠を持ってこいということですね」

「え？　さっき伺った説明で充分な気がしますけど……」

「こちらの根拠は目撃者の証言だけなんです。裁判所の見解としては、目撃者は横浜の傷害事件にも存在するんだから、横浜の目撃証言が虚偽で、東雲の目撃証言は真実である、という明確な根拠を示しなさい、というものなんです」

「同日、同時刻に発生した二つの事件の目撃証言が齟齬《そご》をきたしている、というのは、公訴棄却の根拠にならないんでしょうか？」

「横浜の件は起訴済みで、こちらはまだ捜査段階ですから、同等には扱ってもらえないんです。一度裁判所が受理した訴えを棄却するには、相当な法的根拠が必要だ、ってことなんでしょう」

「横浜地裁を説得することはできない。……そういうことなんですね？」

「現段階では不可能だ。これが上の判断です」

そう言って、三村は下唇を噛み締めた。

「だったらもう、諦めるしかないじゃないですか」

小麦は河島に視線を移した。

「わたしごとき新米弁護士に、どうこうできる問題じゃありませんよ」

「我々は……」

河島が口を開いた。

「藁《わら》にもすがる思いで、杉浦先生に会いに来たんです」

「お役に立てなくて申しわけありません。わたしは本当に、水面に浮かぶ一本の藁なんですよ」

小麦ははっきりと言った。

「わたしなんかにすがっても、一緒に沈んでいくだけのことです」

「そう簡単に結論を出す前に、なにかできることがないか、考えてみてもらえませんか？」

この親父《おやじ》はしつこいな。小麦はその思いが顔に出ていないことを願った。

「ご存じのように、被告人中尾雄大は有罪になることを望んでいます。起訴内容を認めているんですよ。そんな被告人を、どうやって無罪にできるって言うんです？」

「……」

「わたしにそんなことを望むより、あなた方捜査機関が、裁判所の判断を覆《くつがえ》せるだけの証拠を見つけることに全力を挙げるべきじゃないですか？」

「それはいまも全力でやっています」

三村が言った。

「実行犯が特定されてさえいれば、必ず証拠は見つかります」

「だったら……」

「ですが、そちらの裁判までもう一ヵ月を切っています。もしそれまでに新たな有力証拠が間に合わなければ、どんな努力も全て水の泡になってしまうんです」

「だからといって、わたしにできることはありません」

「ありますよ」

河島が言った。

「え？」

「弁護人には、我々捜査機関にはできないことができる」

「は？」

小麦には意味がわからなかった。初めて河島の発言に興味を覚えた。

「別の可能性を示すことです。捜査機関には証拠に基づかない可能性を提示することが許されていないが、法廷の弁護人にはそれができる」

「…………」

たしかに弁護人に立証責任はない。立証責任は全て訴追側である検察官にある。弁護人は全ての証拠に疑問を投げかけ、別の可能性を示唆《しさ》し、検察官の立証に対して合理的な疑いを喚起することが許されている。

「でも、どんな可能性があるっていうんです？」

「起訴状に書かれていること以外の、ありとあらゆる可能性ですよ」

「………」

「きょうのところはこれで失礼します」

河島が椅子から起ち上がる。三村もそれに倣《なら》った。

「しばらく、考えてみて下さい」

そう言って、二人の刑事は面談室を出ていった。

いったい、どうしろっていうんだ⁉　自宅に戻ってきた小麦は、帰り途《みち》にセブン‐イレブンで買ってきた肉あんかけチャーハンをレンジで加熱しながら、またそう思った。

「なんとか中尾を、無罪にできませんか？」

河島刑事はそう言った。できるわきゃねえだろ！

そもそも、小麦が中尾の裁判で無罪を主張するとすれば、被告人の意向に反することになる。

その場合、弁護士倫理の問題に抵触しないのだろうか。

例えば殺人事件の裁判で、被告人が無罪を主張しているのに、弁護人が、それでは裁判に勝てない、重い判決が予想される、として、殺意だけを否認して傷害致死で争った場合、被告人は、希望する弁護が受けられなかったことを理由に弁護士会に懲戒請求の申し立てができる。そして弁護人は、弁護士倫理に反する行為であるとして懲罰を受けることになる。

とは言っても、被告人にとっての最大の利益は無罪を勝ち取ることだ。たとえ被告人の意向に反していたとしても、弁護人が無罪を主張することが弁護士倫理に悖《もと》るとは思えない。

例えば生活に困窮している人物が、身に覚えのない窃盗の容疑で逮捕されたとき、まぁこれで刑務所に入れば当分のあいだ衣食住の心配をしなくてすむ、との思いで罪を認めてしまった場合には、弁護人が、それは正しくない行いだ、と被告人を諌《いさ》め、被告人の意向に反して無罪を主張したとしても、それは懲戒の対象にはならないはずだ。

レンジから加熱の終了を知らせるメロディが流れた。ミトンを嵌《は》めた両手で容器をテーブルに運び、蓋を取る。盛大に湯気を上げる肉餡《あん》をチャーハンに注ぎ、スプーンですくって口に運ぶ。

熱い！　旨い！　だが、いつもほどの感激を味わうことはできなかった。

今回の中尾のケースでは、被告人は素直に罪を認め、反省の態度を示すことで、有罪判決の上での執行猶予を得ようとしている。なのに弁護人が無罪を主張するとすれば、結果、有罪判決が出たときには、反省の色がない、として執行猶予は得られない。

この場合は、弁護人が無謀にも無罪の主張をしたせいで、被告人の利益である執行猶予を得ることができなかったとして懲戒の対象になる。

これはわたしの考えではない。警視庁の意向だ。社会正義のためなんだ。小麦はそう思った。

だがそれを、神奈川県弁護士会の懲戒委員会の先生たちは理解してくれるだろうか。

まだ中尾雄大が東雲の事件の犯人と確定したわけではない。推定無罪の原則を無視して被告人に不利益をもたらしたとすれば、弁護士倫理に反する行為であるのはあきらかだった。

じゃあどうすればいいんだ⁉　小麦がなにもしなければ殺人犯が罪を逃れることになり、もし無罪を主張したとしても、どうせ殺人犯は罪を逃れ、小麦は懲罰を受けることになる。だったらなにもしないほうがいいに決まってるじゃないか。

だが……。と小麦は思う。死刑になるような殺人事件の犯人による偽装工作だとの疑いを抱きながら、中尾の思惑通りに執行猶予を取りにいくことがわたしの正義なのか？

いや、違う。そんなことは、わたしの弁護士としての矜持《きょうじ》が許さない。そう思った。

食事を終え、煙草を吸いながら考え続けた。もう、こんな案件からは降りたい。思いはそこに向かった。どうせわたしにできることなんてなにもない。

原則として、国選弁護人は一度選任された案件を辞任することは許されない。相当の辞任理由が必要だった。仮病を使うというのはアリなんだろうか？　裁判所に、医師の診断書を提出しなければならないだろう。いかにも健康そうな若手が、どんな病気を理由にすればいいのか？

あ、そうだ！　小麦は思いついた。被告人と揉めればいいんだ。罪を認めて執行猶予を取ろうとする被告人と、無罪を主張しようとする弁護人が、弁護方針をめぐって対立する。

原則として、被告人は国選弁護人を解任することはできないが、こういう理由なら解任が認められるのではないだろうか。ん？　いや、待てよ……。

そうするためには、無罪を主張する根拠が必要になる。もちろん東雲の事件を引き合いに出すことはできない。すでに起訴されている傷害事件の中に、無罪を主張することが被告人の利益になる、と弁護人が信じる正当な理由を見つけなければならなかった。

そんなもん、あるわきゃねえだろっ！

そのときスマホの着信音が鳴った。画面を見てみるとメッセージアプリへの着信だった。知らない番号からだった。メッセージを開くと、

〈湾岸署の三村です。先ほどは勝手なお願いばかり言って申しわけありませんでした。ご迷惑をおかけしているのは承知していますが、我々は本気で杉浦先生のお力をお借りしたいのです。〉

〈我々は全力で捜査を続けております。ですが、有力な証拠を見つけるには時間がかかります。どうか杉浦先生も、本気で考えてみていただけないでしょうか。〉

〈私にできることがあれば、なんでも言って下さい。できる限りのことをさせていただくつもりです。気軽にご連絡下さい。私は貴女のお役に立ちたいのです。　三村涼介 拝〉

そう書かれていた。

三村刑事の真剣な表情を思い出した。天然パーマなのか、ちょっと散らかったような髪の毛が可愛かったな……。ふいにそんなことを思った。

3

津川克之は、横浜市青葉区にある自宅マンションの間接照明の薄灯《うすあか》りの中で酒を飲んでいた。ＣＤプレーヤーからはトム・ウェイツの嗄《しゃが》れた声が流れている。

警視庁の捜査はどこまで進んでいるのか。ふと、そう思った。

数日前の報道で、東雲の事件の目撃者が現れたことを伝えていた。それによって一気に捜査が進展するだろうと。そんなことは想定済みのことだった。

あの日、日南商会の事務所にいた津川に、東雲の倉庫から中尾が電話をかけてきた。「安東がゴネて、俺を殺そうとしやがったんで皆殺しにしてやりました」そう言っていた。

トラブルの予感はあった。だが大したことにはならないだろうとも思っていた。所詮《しょせん》は安東が愚痴を並べ、値引き交渉をしてくる程度だろうと。そしてその交渉に応じるつもりもなかった。

安東は津川に、武装した六人の男を排除してほしいと依頼してきた。安東が求めているお宝を護《まも》っている連中なのだという。そのお宝とはなんなのか、安東は言わなかったし津川も訊こうとはしなかった。津川は三千万の報酬で引き受けることにした。それだけの金額を払ってでも依頼してくるということは、軽くその十倍以上の価値があるお宝なんだろう。そう思った。

銃を持って警戒している六人を排除するというのは簡単な仕事ではなかった。充分な調査と、それに基づく周到な計画が必要だった。その依頼には六人分の死体の処理も含まれていた。依頼された仕事は完璧にやり遂げた。だがその場所にお宝はなかった。すでに別の場所に移されていた。いまもそこにあるように思わせるために警備を残してあったのだ、と六番目に死体になった男が言った。津川には関係のないことだった。

なんの利益も得られなかった安東は不満を隠さなかった。津川が時間をかけ過ぎたせいだ、と詰《なじ》った。津川は耳を貸さなかった。

残金の千五百万を受け取りに行く中尾に、一応の用心はしておけ、と言ってあったが、まさか安東が、津川と事を構えようと考えるほど愚かだとは思ってもいなかった。ところが安東は中尾を嘗《な》めていた。津川のことも嘗めていたのだろう。安東には、高額な報酬でスペシャリストを傭《やと》う、という感覚が欠けていた。津川たちのことを下請け業者のように見ていた。そのせいで安東とその仲間は死ぬことになった。

望んだことではなかったが、困ることでもなかった。報酬を払わない依頼人は死体になる、という結果を残すことは、津川のビジネスにとって重要なことでもあった。

だが、最初の電話の数分後にかかってきた中尾からの二度目の電話で、状況は一変した。

若いカップルに顔を見られた。中尾はそう言った。殺そうとしたのだが、一瞬の差で車で走り去られたのだという。

「わかった」

津川はそう応えた。

「とにかくお前はプラン通りに行動しろ。あとはこっちでなんとかする」

銃を向けながら、逃げるカップルを追い廻すなどという愚かなことはするべきではない。

「ダズさん、どうかしたんですか？」

津川が電話を切ると、応接セットのソファーで雑誌を読んでいた隅田が声をかけてきた。津川の下で働き始めて二年ほどになる、中尾と同じく陸上自衛隊出身の男だ。

「ケン、洗面所のタオルを取ってきてくれ」

津川が言うと、隅田は素早く起ち上がって洗面所に向かった。津川はデスクの抽出しから薄い革の手袋を出して両手に嵌めると、椅子から起ち上がる。

「雑巾を搾るときのように、そのタオルを丸めろ」

戻ってきた隅田は、訝《いぶか》しげな顔をしながらも黙ってタオルを畳み、筒状に丸めた。

「それを口にくわえろ。しっかり噛んどけよ」

そう言って近づいた津川の革手袋を見て、隅田の眼に怯えが走った。だがなにも言わずタオルを口にくわえると、両手を後ろで組んで胸を反らして両足で踏ん張る。

津川の最初の一撃で、隅田は腰から床に落ちた。だが頭を振りながらもすぐに起ち上がると、両手を後ろで組んで背筋を伸ばして立った。

二発目のパンチで鼻が折れた。盛大に鼻血が溢《あふ》れる。くわえたタオルに血が滲《し》みていく。今度は起ち上がるのに少し時間がかかった。四発目で隅田は起ち上がるのをやめた。

口からタオルを吐き出し、荒い息をついている隅田を見下ろして津川は言った。

「よし、トイレに入って一一〇番に通報しろ。ダズにやられたと言え」

のろのろと動き出した隅田がトイレに入ると、落ちていたタオルで革手袋の血を拭《ぬぐ》い、デスクの上のＢ４サイズのクラフトパッカーにタオルを入れて、事務所の表に駐めてあったワゴン車の助手席に置いた。やがて制服警官が二人やってきた。いろいろと質問され、隅田と津川はそれに答えた。さらに鑑識の連中がやってきて作業を始めると、津川は制服警官に断ってからワゴン車で隅田を横浜南共済病院の救急外来に運んだ。

病院には私服のデカが二人やってきた。制服警官と同じことを訊いてくる。隅田と津川も同じことを答えた。デカがやる気を見せるような事件ではなかった。

デカたちが引き上げると津川は中尾に電話をかけた。プランを説明し、物証となる隅田の血がついたタオルは中尾のアパートの郵便受けに入れておくと伝えた。

プラン通りに、翌朝中尾は逮捕された。これでいい。津川はそう思った。中尾は優秀な男だ。運悪く目撃されてしまった以外には、現場になんの痕跡も残してはいないだろう。これで警視庁による東雲の事件の捜査には充分対抗できる。

通常中尾が依頼された仕事を実行する際には、無関係な人間に目撃されないよう細心の注意を払う。目撃されにくい状況や時間帯を選び、必要とあれば顔を隠す。顔を隠さない場合であっても、特徴的な左眼だけはサングラスやカラーコンタクトで隠して行動していた。

だが東雲の件はそういう仕事ではなかった。報酬の残りを受け取りに行っただけだ。トラブルが予想されたため、相手を威圧しようという意識があったのだろう。だからあえて不気味な印象を与える左眼を晒《さら》していた。その顔を目撃された。いずれは警視庁が中尾にたどり着く。

そもそも中尾の左眼は、なぜ黒目が白く濁っているのか。出会ったころに津川は中尾からその理由を聞いていた。

中尾は、陸自にいた当時、日本版海兵隊、と呼ばれる〈水陸機動団〉発足時の候補メンバーに選ばれていた。カリフォルニアで行われた米軍との日米合同訓練の際に、中尾は米海兵隊の一人とトラブルになった。一触即発の状態だったが、すぐに双方の上官が割って入り、その場はそれで収まった。その夜、手打ちの儀式がセッティングされ、ビールのジョッキで乾杯して水に流すことになった。だが相手の海兵隊員は、中尾のジョッキではなく左眼にジョッキの角を叩きつけた。中尾は激烈な痛みを無視して海兵隊員に襲いかかった。

「野郎の右の目ン玉、抉《えぐ》り出してやりましたよ」

そう言って中尾は笑っていた。

その件で中尾が懲罰を受けることはなかったが、左眼を失明したせいで〈水陸機動団〉の候補から外され、デスクワークへの配置替えを命じられたため除隊を選んだのだという。

津川には、中尾を殺して死体を処分し、行方不明に見せかけるという選択肢はなかった。津川は部下を大切にする男だからだ。中尾を逃亡させるという選択肢もなかった。中尾は役に立つ男だからだ。なので中尾のアリバイを作り上げることにした。

こういうときのために、津川は常に法の網を潜《くぐ》る方法を検討してきた。今回のやり方もその中の一つだ。何度も使える手ではないが、今回はこれが最も妥当《だとう》な判断であると信じた。

中尾は速やかに起訴された。国選弁護人に選ばれたのは、いかにも新米感丸出しといった印象の小娘だった。丁度いい。無理してリクルートスーツを着た女子高生のような見た目の女弁護士を見たとき、津川はそう思った。無能な弁護士こそが、求められている人材だった。

あとは有罪判決が出るのを待つだけだ。おそらく執行猶予がつくだろう。記録の上では中尾は初犯であり、示談も成立している。被害者も厳罰を望んではいない。

だが、津川にとって執行猶予はどうでもよかった。たとえ中尾が数ヵ月の刑務所暮らしをすることになろうと、得られるものと比べれば些細《ささい》なことに過ぎない。

唯一の懸念と言えるのは、公判日までに警視庁が、なんらかの手を打ってくるか否《いな》かだった。なにもできはすまい。そうは思う。すでに決定している裁判を、中止にしたり延期したりできるだけの材料を、短期間で警視庁が手に入れられるとは思えなかった。……だが。

もしも自分が警視庁の立場だったとしたら、必ずなにか手を打つはずだ。そうも思っていた。自分ならどんな手段を使うかも浮かんでいた。しかしそれは、犯罪者の思考から生まれたものであり、法を遵守する立場の警察や検察には実行できない、違法な手段だった。

まぁ、気にすることもないだろう。津川は、ジェントルマンジャックをグラスに注ぎ、その品の良い香りを楽しんでから口に運んだ。

翌日の午後、津川が独り日南商会の事務所で、表向きの中古車の輸出の仕事のためにロシア人の業者と英語でメールの遣り取りをしていると、ドアが開いて柾木《まさき》が入ってきた。

「社長、ご無沙汰です」

いつもの、人を不愉快にさせる薄笑いを浮かべている。

「そろそろ、なんか仕事ないんですか？」

「少し待ってろ」

津川はそう言うと、メールを打ち終わって送信するまで柾木を放っておいた。ミニキッチンの冷蔵庫から缶ビールを取り出して応接セットのソファーに腰を下ろした柾木は、プルタブを引き開けてグビグビと喉を鳴らした。

柾木は、五、六年前に警視庁警備部のＳＡＴを馘首《クビ》になった三十代半ばの男だ。中尾や隅田のように軍事訓練を受けた経験はないが、対テロ作戦を想定した市街戦や屋内戦闘の訓練は充分に積んでいて、拳銃、短機関銃、自動小銃、狙撃銃などの扱いには習熟していた。

「当分のあいだ、仕事はないぞ」

ノートパソコンの画面から顔を上げると津川は言った。

「えー？　ダズが不在のいま、俺の力が必要なはずなんですがね」

柾木は露骨に不満げに唇を歪めてみせた。

「いまは警視庁が嗅ぎ回ってる。しばらく仕事は受けないことにした」

「いつまでです？　ダズの裁判が終わるまでですか？」

「状況を見て俺が判断する」

「やっぱ、ダズを殺しときゃよかったんですよ」

「あ？」

「ダズは安東一派を殺したときに、目撃者を取り逃がすというミスを犯した。戦場では、ミスを犯した兵士は死体袋で戻ってくる。そういうもんでしょ？」

「………」

お前ごときに戦場のなにがわかる？　津川はそう思ったが、口には出さなかった。

「お前は、俺が判断して決定したことに、異《い》を唱《とな》えてるのか？」

「いえいえ、そんなつもりじゃないんですけどね」

柾木がまた、不愉快な笑みを浮かべた。

「まぁこっちも喰ってかなきゃならないんでね……」

「お前を必要とする仕事が入ったときにはちゃんと連絡する。それまでは大人しく待機してろ」

通常、仕事の現場に津川が赴《おもむ》くことはない。津川は計画立案者であり指揮官だからだ。大抵の仕事は中尾と隅田の二人で充分だった。だが例の安東からの依頼のときのように、もっと人員が必要な場合には柾木を呼ぶ。柾木とは、そういうポジションの存在だった。

そして柾木は、二つ三つ年下の中尾が常にチームのリーダーを務めていることに、たえず不満を漏らしていた。

「けど、本当にダズの件は大丈夫なんですかね？」

柾木は飲み干したビールの缶を、四メートルほどの距離に置いてあるゴミ箱に向けて無造作に放った。空き缶は見事にゴミ箱に吸い込まれて派手な音を立てた。

「まぁ社長は問題ないんでしょうけど、ケンの野郎が別件でパクられたりして、ガンガンに締め上げられてなんかウタいでもした日にゃあ、こっちにまでとばっちりが来ねえともかぎらねえんですがね……」

お前よりは隅田のほうがずっと信頼できる。そう言いかけてやめた。それは無意味なことだ。

「いっそのこと、海外に拠点を移しませんか？」

柾木がソファーから起ち上がる。

「そうすりゃ仕事は増えるし、もっと俺たちのスキルを活かせる仕事にありつける」

「…………」

こいつはただ銃を撃ちまくりたいだけのバカだ。なにもわかっちゃいない。

海外で活動することになれば、たとえそれがどこの国であろうと、重武装した敵と戦うことを想定しなければならない。しかも競合する商売敵《がたき》も数多く存在するために、報酬は日本国内での仕事とは比較にならないほどに低くなる。さらに、いくらでも優秀な退役軍人を安く傭《やと》うことができるため、柾木を必要とすることなどあるわけがなかった。

「海外に行きたければ、お前一人で行け」

津川はパソコンに眼を戻し、ロシアからの返信を読み始めた。

「ちぇっ、冷てえなぁ……」

柾木は背中を向けて歩き出し、ドアの前で振り返ると、

「じゃあ、連絡待ってますよ」

そう言って事務所を出て行った。

こいつは殺しておいたほうがいいかも知れない。津川はそう思った。

4

その電話がかかってきたのは、小麦が自宅でネットの判例検索システムを使って、過去の傷害事件の判例を調べていたときだった。知らない番号からだった。

「はい、杉浦です」

「こちらは横浜地検、横溝《よこみぞ》検事の事務官の、鈴木《すずき》と申します」

「あ、はい、お世話になります」

「被告人中尾雄大と、被害者隅田賢人とのあいだで示談が成立した、との連絡をいただきましたが、確認のため事前に示談書を閲覧させていただきたいのですが」

「あ、はい、……それでは直ちにお届けに参ります」

「いえ、ＦＡＸで送って下されば結構ですよ」

「あ、はい、……いえ、あの、ちょっと打ち合わせしたいこともありますので、横溝検事にお目にかかることはできないでしょうか？」

「えー、それは刑訴法三二六条に関して、ということでよろしいですか？」

「あ、はい、その通りです」

「では、……本日の、十六時十五分ではいかがですか？」

「承知しました。その時間に伺います」

「では……」

電話を切ると、いきなり小麦を後悔が襲ってきた。わたしは検察官と会って、なにを言おうとしているのか。勢いで、会いに行くと言ってしまったが、その先は考えていなかった。

ただ粛々と裁判に向かって進んでいくことに、抵抗を試みたいという思いはあった。検察官がこの裁判を、実際どのように捉《とら》えているのか、直接会って確かめたいという思いもあった。だがわたしはなにを言えばいいのだろう。そう考えると、なんだか怖くなってきた。嫌だ。行きたくない。だがもう手遅れだった。

「五十万円ですか、奮発《ふんぱつ》しましたね」

横溝検事が言った。たしかに、このようなケースの示談金は十万円から三十万円ぐらいが相場なのだろう。小麦はそう思った。

「えー、それは、被告人が深く反省している、ということの証《あかし》ということで……」

「そうですか、わかりました」

　横溝検事は、四十前後の、人の好さそうな風貌の持ち主だった。そのことが小麦の気分を少し楽にしてくれていた。示談書のコピーを傍《かたわ》らに置くと、

「では、罪状認否については問題ありませんね？」

「あの、その前に……」

　小麦は言った。

「ご承知の通り、この案件は仲間内の些細なトラブルであり、加害者と被害者がともにトラブルの原因すら覚えていない程度のものです」

「ええ」

「被告人は深く反省しており、このような形での示談も成立しております。これ、裁判しなきゃならないんでしょうか？」

「ん？」

「起訴猶予、というようなことにはできないものなんですか？」

「すでに地裁が受理して公判日も決まっているんですよ？」

「それはそうなんですけど、そこをなんとか、特別なご配慮をいただくというような……」

　バカのふりをして言ってみた。

「そういう話は起訴前に言ってほしかったですね」

　横溝検事は不快そうに首を左右に振った。

「被疑者国選であればそうさせていただいたんですけど、今回わたしは被告人国選で選任されたものですから、その機会がありませんでした」

小麦は肚《はら》が据《す》わってきていた。横溝検事はそんな小麦の眼をジッと見て、

「警視庁から、なにか言ってきましたか？」

「は？　どういうことでしょう？」

「いや、違うならいい」

「警視庁？　なんの話ですか？」

「忘れて下さい」

「でも……」

「とにかく、すでに起訴済みの案件をいまさら起訴猶予にしろなんていうのは常軌《じょうき》を逸《いっ》してる。あなたも弁護士なら、そのくらいのことはおわかりでしょう」

「申しわけありません。なにせド新人なもんで……」

「なぜいまごろになって、そんなことを言ってくるんですか？」

「こんな事件、裁判にする必要がないと思ったもんですから」

「…………」

横溝検事が、また小麦の眼をジッと見据えた。

「東京地検から、なにか言ってきましたか？」

「いいえ」

「本当のことを言ってくれ」

「東京地検が、なにかこの案件と関係あるんですか？」

「…………」

「横溝検事、あなたは本気で中尾雄大を、有罪にしたいと思ってるんですか？」

小麦も、横溝検事の眼を見据えて言った。

「もう帰ってくれ」

横溝検事が席を立った。


地検のビルを出ると、空は夕暮れ色になっていた。小麦は、本町《ほんちょう》通りを元町《もとまち》の方向に向かって歩いた。目的があるわけではない。ただ少し歩きたかっただけだ。

横溝検事は、眼をつぶって耳を塞《ふさ》いで小走りに通り過ぎようとしている。そう思った。それは疚《やま》しさを感じているからだ。

その気持ちは小麦にもよくわかる。検察官という立場で、殺人犯による偽装工作なのではないかとの疑いを抱きながら、アリバイを確定させることになる有罪判決を勝ち取りたいと望むわけがない。だが、引き返すこともできないでいる。

神奈川県警が逮捕し送検してきた被疑者を、適正に判断して起訴した。ありふれた事件を遅滞なく処理した。なのにあとになって警視庁と東京地検が横槍を入れてきた。はいはい、仰しゃる通りです、すぐに起訴を取り下げます、というわけにはいかないのは当然だ。

横浜地検としてのプライド、という問題もあるだろうが、刑事訴訟法第二五七条による〈公訴の取消し〉という、おそらくは検察官として最も避けたいであろう事態を受け入れる決断を下すには、あまりにも材料が乏《とぼ》しすぎるのだろう。

もし仮に起訴を取り下げようとするならば、その理由を明確に示さなければならない。東雲の事件のアリバイ偽装なのではないかという疑惑は理由にできない。横浜の傷害事件がでっち上げだと信じるに足る証拠を提示しなければならない。だが、おそらくそれは不可能だ。だから横浜地検は判断を裁判所に委ねた。

横浜地裁はこの問題を警視庁と東京地検に投げ返した。公訴棄却にできるだけの明確な根拠を示せ、と。そうなってしまった以上、公判立会担当検察官の横溝検事は内心忸怩《じくじ》たる思いを抱きながらも、眼をつぶって耳を塞いで小走りに通り過ぎるという選択肢しかなくなってしまったのだろう。結局のところ、これで中尾雄大が殺人の罪を逃れることになったとしても、所詮それは東京地検の管轄の事件であり、横浜地検のダメージではないからだ。

だが横溝検事も本心では、早く警視庁が新たな重要証拠を手に入れて、公訴棄却に持ち込んでくれることを願っているのかも知れない。

横溝検事も、わたしと同じ立場なんだ。小麦はそう思った。やりたくもないことをやらされるのがわかっていて、降りることも許されない。

そんなことを考えながら歩いていると、バッグの中でスマホが鳴っているのに気づいた。取り出して見ると知らない番号からだった。

「はい、杉浦です」

「弁護士の、杉浦先生のお電話で間違いないですか？」

かなりの、高齢な男性の声だった。

「はい、弁護士の杉浦ですが……」

「私《わたくし》、熊本県弁護士会に所属しております、かんめら、と申します」

「は？　かんめら？」

「はい、中村勘三郎《なかむらかんざぶろう》の勘に、米が良いと書いて勘米良《かんめら》でございます」

「はぁ……」

「いまちょっと、お時間よろしいですかな？」

「はぁ、まぁ、大丈夫ですけど……」

「私《わたくし》、先日亡くなられた菅原道之介翁《おう》より遺言検認を任されておりまして、道之介翁の三女の古賀スミ子嬢《じょう》から番号をお聞きして、お電話させていただいております」

「ああ、そういうことですか……」

小麦はようやく合点《がてん》がいった。そして七十代の古賀スミ子を嬢と呼ぶこの弁護士は、いったいどれほどの年寄りなんだ、と思った。

「それで、わたくしになにか……？」

「その後、菅原道春氏の調査のほうは、いかがな具合ですかな？」

「あの……、それが、一向に進んでいない状況でして……」

「左様《さよう》ですか……」

老人はあからさまに残念そうな声を出した。

「いや、当方といたしましても、早急《さっきゅう》に相続人の一人である道春氏と連絡を取らねばならんものですから、今後は杉浦先生とも協力して参らねばならんかなと存じましてな」

「はい、こちらとしても大変助かります。どうぞよろしくお願いします」

これはチャンスだ。そう思った。小麦が天草に行けなくても、この勘米良弁護士が菅原道春と連絡を取りつけてくれればそれで問題は解決だ。

「とにかく唯一の接点は古賀スミ子さんなんです。古賀スミ子さんの携帯から電話をかけ続けて下されば、道春氏は必ず応答してくれるはずですから……」

「それが……」

勘米良弁護士がため息を漏らした。

「スミ子嬢のお宅で、その携帯電話についてお話しさせていただいておるときにスミ子嬢が上等の八女《やめ》茶を淹《い》れて下さいましてな……」

「はぁ」

「そのお茶があまりにも熱かったもので、私《わたくし》ついうっかり湯呑《ゆのみ》を取り落してしまいまして」

「まさか……？」

「慌ててすぐに拭《ふ》いたんですが、それっきり携帯電話はウンともスンとも……」

マジか⁉　ウソだろ？　なにしてくれてんだよこの爺《ジジイ》は⁉

「そ、それで、修理には出したんですよね？」

「それはもちろんエヌテーテーのほうに修理を依頼しまして」

「データのバックアップは取ってあったんですか？」

「それが、なんでもガラパゴス、という古い機種らしくてですな……」

それは機種じゃねえよ！　ガラケーのガラ！

「エヌテーテーが申しますには、これを機会にスマートホンに変えたほうがいいと……」

「でしょうね」

もうどうでもいい。幸い、菅原道春の携帯の番号は小麦のスマホに残っている。今度は小麦が古賀スミ子に教えてあげればいいだけのことだ。だが、もうこの老弁護士との話を続ける意欲は失せていた。

「では、またなにかありましたらお電話下さい」

そう言って電話を切った。勘米良弁護士がアテにできないことだけはよくわかった。スマホをバッグに戻していると、また着信音が鳴り出した。爺《ジジイ》はしつこいな。そう思ったが違っていた。

湾岸署の三村刑事からだった。

「はい」

「あ、あの、湾岸署の三村です」

「はい。……なにか？」

「あの、いまから少し、会っていただくことはできませんか？」

「は？　……どういったご用件ですか？」

「あ、その、改めてお考えをお聞かせ願えないかと思いまして、あの、きょうは自分一人です。前回は言いにくかったようなことでも、率直に言っていただけるのではないか、と……」

「いまから、ということは、晩ごはんでも奢《おご》ってくれるんですか？」

「お、奢ります」

「ウソですよ。捜査機関から利益供与を受けるつもりはありません」

「…………」

「まぁ、割り勘ならいいですけど」

「え？」

5

三村刑事とは、午後六時に横浜駅で落ち合った。

「ありがとうございます。急なお願いなのに……」

改札を抜けてきた三村は、小麦を見つけると駆け寄ってきて照れたような笑顔を見せた。

「いえ、それは構わないんですけど……」

「え？　なにか？」

「わたし気軽に、ごはん、なんて言っちゃいましたけど、他の客がいるところで事件の話なんてできないですよね？」

「ああ、……ですね」

「かと言って、個室のレストランで二人きりで食事、なんていう間柄でもないですし……」

「僕は全然構わないですけど」

　こっちが構うんだよっ。デートみたいな感じになるじゃないか。そう思ったが、口には出さなかった。変に意識しているように思われるのも癪《しゃく》だった。

「それでわたし考えたんですけど、カラオケ屋さんしかないのかな、と……」

「ああ、なるほど」

「話の展開によっては、食事する気分じゃなくなるかも知れないし……」

「………」

　西口を出て、看板が目についたビッグエコーに入った。個室に入って、シートに腰を下ろすと三村が言った。

「なんだか、こういうところに男女二人だと、デートみたいですよね？」

　また照れたように微笑む。

「そうですか？　個室のレストランよりはマシなんじゃないですかね？」

　小麦がそう言うと、三村は急にしょげたような顔になった。

「そうですね、……失礼しました」

　あれ？　ちょっと言い方がキツかったのかな？　そう思ってフォローのつもりで言った。

「いや、わたしカラオケデートとかしたことないもんで……」

「いえ、緊張感が足りませんでした。申しわけありません」

　三村は俯《うつむ》いて頭を下げた。

なんなのこの人？　そんなに反省する？　わけがわからないので話を逸《そ》らすことにした。

「とりあえず飲み物頼みましょうか、ワンドリンクオーダー制みたいなんで。なんにします？」

と、メニューを差し出す。

「ああ、失礼」

三村は素早く起ち上がり、壁の電話に向かった。

「なにがいいですか？」

小麦はアイスティーのストレートを頼んだ。三村はアイスウーロン茶を注文した。三村が席に戻ると気まずい沈黙が漂った。だが、飲み物が運ばれてくるまでは本題には入らないほうがいいような気がした。テーブルの上には灰皿が置いてあった。

「あの……、煙草吸ってもいいですか？」

そう言ってみた。ちょっとリラックスしたい気分になっていた。

「ああ、全然平気です」

「煙草、吸わないんですか？」

「吸いません」

なんだか謝っているような言い方だった。小麦のほうが申しわけないような気持ちになった。

このあとの沈黙が怖かった。なんとか話し続けなければ、そう思った。

「それって、やめたんじゃなくて、ずっと、ですか？」

「ええ」

「なにか、スポーツとかやられてたんですか？」

「剣道を、中学のころからずっと……。それもあって警視庁に入ったんです」

久しぶりの、照れたような笑みが浮かんだ。小麦は少し嬉しくなった。

「じゃあ、いまも続けてるんですね？」

「ええ、最近はそうそう時間が取れないんですけど……」

なんだ、この人もアスリートなんじゃん。そう言われてみれば、パッと見は頼りなげな感じの印象だが、背が高くて細身なわりに肩や首はがっちりしている。そして耳は潰れていない。

「だったら、煙草を吸う女なんてお嫌いですよね？」

小麦は自虐的な笑みで言った。

「……好きです」

三村は小麦の眼を見つめて言った。一気に心拍数が上がった。顔が赤くなるのがわかる。小麦は慌ててバッグから煙草を取り出して火をつけた。なんなんだこの人は!?　いきなり、告白するときみたいな言い方をするんじゃないよ！

小麦のその動揺を、飲み物を運んできた従業員の女の子が救ってくれた。

「じゃあ、そろそろ本題に入りましょうか」

女の子が出ていくと小麦は言った。ようやく心拍数が落ち着いてきていた。

「はい。……で、その後、考えていただけたでしょうか？」

三村は真剣な表情になって言った。

「ええ、考えましたよ。……吐き気がするくらいにね」

小麦は言った。もしかしてこの男、わたしを口説いてその気にさせて、それで言うことを聞かせようとしてんじゃないだろうね？　そんな気がしてきた。

だが、「ありがとうございます」と言って頭を下げた三村は、どう見てもその手のことに途《と》轍《てつ》もなく不器用なタイプだとしか思えなかった。

「で、わたしの結論としては、そもそもわたしが無罪を主張すること自体が無理だということ、そして仮にそれができたとしても、無罪判決を得ることは不可能だ、ということです」

「そうですか」

三村は、別に落胆した様子もなく言った。まるで小麦がそう応えるのを予測していたかのようだった。それがちょっとカチンときた。

「なにかいい方法があるって言うんなら、さっさと教えて下さいよ」

「いえ、そういうわけではないんです。そもそもこちらが無理なお願いをしてるんですから」

三村は困惑していた。どこで地雷を踏んだのかわからないのだろう。小麦はさらに言った。

「いいですか？　素直に罪を認めて執行猶予を得ようとしている被告人の意向を無視して弁護人が無罪を主張すれば、弁護士倫理の問題に引っかかって懲戒の対象になるんですよ」

「ええ、その点は我々も地検の検事とともに検討しました」

「それで？」

「もちろん、あなたにそんなリスクを負わせるつもりはありません」

「だったらどうするんです？」

「それを、あなたと一緒に考えたいんです」

「わたしはきょう、横浜地検の横溝検事に会ってきました」

「え？」

「起訴を取り下げられないかと申し入れました」

「向こうの反応は？」

「警視庁からなにか言ってきたのか？　東京地検からなにか言ってきたのか？　と、訊いてくるばかりで、取り合ってくれませんでした。まぁ当然ですけどね……」

「それがわかっていて、なぜそんなことを？」

「担当の検察官が、どういうつもりでいるのか見ておきたいと思って」

「……で、あなたの感触は？」

「まぁ、わたしと同じ立場、ってとこですね。やりたくはないけど、やらざるを得ない」

「なるほど」

「そんな状況のわたしに、警視庁はいったいなにをさせたいんですか？」

「とにかく、ここで一度、横浜の傷害事件を整理してみましょう」

「…………」

「登場人物は三人。被告人の中尾雄大と、被害者の隅田賢人、目撃者の津川克之。この三人は、非常に密接な関係にあります」

「ええ」

「弁護人であるあなたは、中尾が犯人ではないと思っておられますよね？」

「ええ、そうです」

　小麦は警視庁の接触を受ける前から、ずっと事件に違和感を覚えていた。そして河島と三村の話を聞いて、それは確信に近いものになっていた。

「だとしたら、実際に被害者の隅田を殴ったのは誰なのか？　残りは津川しかいません」

「………」

「津川が隅田を殴って怪我をさせた。だがその場にいなかった中尾が罪を被《かぶ》った。被害者の隅田も口裏を合わせた。……実際に起きた事実はこういうことですよね？」

「たしかに……」

「そのことを知った弁護人が、身代わりで有罪になろうとする被告人を救うために、無罪を主張する。これは、弁護士倫理に適《かな》うものなのではないですか？」

「え？　でも、どうやってわたしがそれを知れるんです？」

「おそらく、被告人が、弁護人にだけは真実を打ち明けた、ということなのだろうと推測されるでしょうが、弁護人には守秘義務がありますから、被告人の同意なしにそれを公《おおやけ》にすることはできません」

「そんなの、中尾が同意するわけがないじゃないですか」

「そうです、中尾は絶対にそんなことを認めたりはしません」

「だったら……」

「ですが、それを認めない理由が、それが真実ではないからなのか、それとも中尾が社長の津川に逆らえない関係だからなのかは、誰にもわからないんです」

「でも、なんの証拠もないじゃないですか。津川が隅田を殴ったという証拠も、中尾が身代わりで自供したんだという証拠も……」

「あなたはなにも立証する必要はありません。検察側が提出した証拠に対して、別の観点、別の可能性を提示すればいいだけなんです」

「………」

「それに、検察側も三人の証言以外には証拠がないんです。血がついたタオルは隅田が被害者であるという証拠にはなり得ても、中尾が犯人であるという証拠にはなりません。タオルから中尾のＤＮＡは検出されていないからです。タオルが中尾の部屋から見つかったのは身代わりだからで、そうでなければとっくに捨てているはずです」

「だからって、それで裁判に勝てますか？」

「わかりません。あとは弁護人の、説得力のある弁論にかかっています」

「わたしに、法廷でウソをつけと仰しゃってるんですか？」

「果たして、それはウソなんでしょうか？　あの三人の言ってることと比べたら、あなたが主張するのは、ほとんど真実なのではないですか？」

「………」

その通りだった。中尾が身代わりになった動機や、その事実を小麦が知り得た経緯については法廷に示すことはできない。だが、それ以外の、津川が隅田を殴って怪我をさせ、その罪を中尾が被り、三人が口裏を合わせているという点は、まさに真実そのものだった。

「でも、その主張を説得力のあるものにするには、証人尋問で津川の暴力性だとか、津川による支配的な関係性などを暴き出していかなければならないんですよ。……わたしには無理です」

「でも、あなたしかいないんです」

「いや、いますって。もっと優秀な、例えば元東京地検のヤメ検弁護士なんかに頼めば、きっと上手くやってくれるはずです」

「その場合は、私選の弁護人ということになります。中尾が、そんな弁護士を弁護人として雇うと思いますか？」

「………」

「あなたに頑張っていただくしかないんです」

「わたしにとっては、初めての刑事弁護なんです。国選の報酬は八万円ほどなんですよ。一切の争いがない、簡単な案件だと思ったから引き受けたんです。なのにそれを、起訴内容を否認して無罪を争う裁判にしろだなんて、割りに合わないにもほどがあります」

「申しわけありません。ただ、こちらから報酬を差し上げる、というわけにもいかないんです。捜査機関が弁護人を買収することになってしまいますので……」

三村は深々と頭を下げた。

「じゃあ、なにをしてくれるんですか？」

「証人尋問の際の材料にできるよう、中尾と津川と隅田についてのありとあらゆることを徹底的に調査しています。公判までにはかなりのものをお渡しできるはずです」

「それだけ？」

「他になにかあれば、なんでも言って下さい。なんでもやります」

三村の眼は真剣だった。

「では……」

小麦は三村の眼を見つめて言った。

「福岡生まれの、菅原道春という人物を見つけて下さい」

「え？　何者です？　この件と、どんな関係が？」

「わたしには守秘義務がありますのでお答えできません」

「………」

「やってくれるんですか？　やってくれないんですか？」

「わかりました。必ず見つけ出します」

6

「本当に申しわけありません。度々《たびたび》お時間をいただいてしまって……」

小麦は丁寧に頭を下げた。蟹江弁護士のオフィスだった。

「いや、構いませんよ。きょうはたまたま時間が空いててね。どうぞ、座って下さい」

蟹江は小麦に依頼人用のソファーを勧め、その正面に腰を下ろした。

「で、先日の警視庁の件だってことだけど……」

「はい。それが、大変なことになってしまいまして……」

小麦が状況を詳しく説明するあいだ蟹江は黙って聞いていたが、あきらかに衝撃を受けているのがわかった。

「いや、すごい話だなぁ……。面白いねえ」

聞き終えた蟹江が笑顔を見せる。

「見事に無罪にできたら書籍化すればいい。これは売れるよ」

「わたしには無理です」

「たしかに難しいのは間違いないね。多分にリスキーでもある。できることなら僕が共同弁護人になって取り組みたいところだけど、いま大きな案件をいくつか抱えてるからなぁ……」

「どうすればいいんでしょう？」

「まぁ、弁護士人生を懸けて一か八かの勝負に出るか、とっとと降りるかのどちらかだね」

「わたしは降りたいです」

「だったら病気を理由にするのが一番だね。過度のストレスによる精神疾患。それなら裁判所も納得するだろう。そういう診断書を書いてくれる医者なら紹介してあげられるけど……」

「…………」

「そして病気の療養のために、しばらく都会を離れて自然が豊かな場所で過ごすのもいいんじゃないかな。例えば天草とかで。そうすれば民事の案件に集中できる」

「……そうですね」

その民事の案件のために、警視庁の捜査員を利用しようとしていることは言い出せなかった。

「ただね、こんなに興味深い案件には一生かかってもなかなか巡り会えるもんじゃない。ここで降りてしまうのは、ちょっともったいない気もするね」

「でも……」

「いっそ、マスコミにリークするという手もアリかも知れない」

「え!?」

「マスコミが連日報道し、世間の注目を浴び、批判に晒《さら》されるのが確実な情勢になれば、地検や地裁の対応も変わってくるはずだ。その結果を見てからでも遅くはない」

「わたしが、リークするんですか？」

「マスコミ関係に、誰か知り合いはいないの？」

「いない、と思います」

大学やロースクールの同期で、マスコミに進んだ人もいるのだろうが、つき合いが続いている者の中には一人もいなかった。

「文春砲の契約ライターに一人知ってる男がいるけど、紹介しようか？」

「いえ……」

「とにかく、世間が騒げば騒ぐほど本を出したときの売り上げが伸びるんだから、やらない手はないね。そうなったらあなた自身が注目されることになる。杉浦先生みたいな、若くてカワイイ弁護士はテレビが放っとかないよ」

「…………」

この場合のカワイイは、どの意味なんだろう。そんなことを考えてしまった。

「情報番組のレギュラーぐらいならすぐに決まるだろう。最高じゃないか」

他人事《ひとごと》だと思って面白がってんじゃねえよ。そう思った。

「じゃあ、それだけ世間に注目された挙句《あげく》に無罪にできなかった場合、わたしはどういうことになっちゃうんですか？」

小麦は言った。蟹江はしばしの沈黙の後に言った。

「それは、あんまり想像したくないな」

「ありがとうございました。しばらく考えてみます」

小麦はソファーから起ち上がった。

いま、わたしには選択肢が三つある。

蟹江のオフィスが入っている中区の真砂町《まさごちょう》のビルを出ると、小麦は日本大通りに向かって歩きながら考えていた。

一つ目は、横溝検事のように眼をつぶって耳を塞《ふさ》いで、被告人中尾雄大への有罪判決を粛々と受け入れること。だが、小麦にとっての初の刑事事件がそんな結果では、弁護士としての一生の汚点になりそうな気がした。

二つ目は、過度のストレスによる精神疾患を理由に、この案件から降りること。だが、仮病を使いニセの診断書で裁判所を騙して逃げ出す、という卑怯さが耐え難《がた》かった。長年アスリートとして戦ってきた小麦は、メンタルの強さが自分の武器だと思ってきた。身体能力や技術に優《まさ》っている選手を相手に、ここ一番の勝負強さで結果を残してきた。なのに、なぜ弁護士になった途端にメンタルが弱いふりをして逃げ出さなければならないのか。

三つ目は、マスコミに情報をリークして世間の注目を集め、横浜地検が起訴を取り下げたり、横浜地裁が公訴棄却の判断を出してくれるのを期待して待つ。だが、自分が弁護すべき被告人にとっての不利益な情報を自らマスコミに流すという行為が、弁護人として正しいことだとは思えなかった。そして、もしそれによって地検も地裁も動かなかった場合には、小麦はガチで無罪を取りに行くしかなくなってしまうのだ。

どれも楽しくない。刑事事件デビューがこれって酷《ひど》くない？

だが、それでもそのどれかを選択するしかなかった。小麦は覚悟を決めるため、横浜拘置支所に二度目の接見に向かった。

「まだなんか、俺と話すことがあんのかい？」

アクリルの仕切り板の前に腰を下ろした中尾は、相変わらずの余裕の笑みを浮かべていた。

「あなたに、確認しておきたいことがあります」

小麦は、担当の職員が接見室を出て、ドアが完全に閉まるのを待ってから口を開いた。

「へえ、なにかな？」

「あなたは、本当に隅田賢人を殴ったんですか？」

「あ？　俺は自供してるんだぜ。弁護人がそれを疑ってどうする？」

「殴ったんですか、殴ってないんですか？」

「殴ったよ」

「殴った理由も覚えてないほど酔っていたのに、なぜ殴ったことだけはそんなにはっきりと記憶しているんですか？」

「酔ってるときってのはそんなもんだ。覚えてることもある。覚えてないこともある」

「本当は、あなたはそのとき、その場にいなかったんじゃないですか？」

「は？」

「隅田を殴って怪我をさせたのは、津川なんじゃないんですか？」

「…………」

中尾の笑みが消え、小麦の眼を見つめる。左の、白く濁った眼が怖かった。

「なるほど、そういうことか……」

フッ、と中尾が鼻で笑った。

「警視庁のデカが、なにか言ってきたのかな？」

「なぜ、そう思うんですか？」

「オーケーオーケー、この件から降りたくなったんだろ？　いいよ、降りやすいようにしてやるよ。俺がこの場でなにをしゃべろうが、あんたには守秘義務があるんだからな」

「…………」

「あんたはここで聞いたことを、他所《よそ》でしゃべることはできない。そうだろ？」

「ええ、そうです」

「じゃあ、あんたにだけは本当のことを教えてやるよ」

「教えて下さい」

小麦はゴクリと唾《つば》を飲んだ。

「あのな、どうやらこの世の中には、俺に瓜二《うりふた》つな野郎がいるらしくてな……」

中尾は楽しそうだった。

「ドッペルゲンガーって言うんだ。……そいつがいろんなとこで悪さをしてやがってね」

「………」

「迷惑だから、早くそいつを捕まえろって、警視庁のデカどもに言っといてくれよ」

「ええ、伝えておきます」

小麦は椅子から起ち上がった。これ以上中尾に用はなかった。歩き出した小麦の背中に、中尾の笑い声が突き刺さった。


建物から出ようとする小麦の足が止まった。ガラスの自動ドア越しに、表の道路に大勢の人が集まっているのが見えた。大きなムービーカメラを肩に担《かつ》いでいる人や、大きなレンズをつけたスチールカメラを構えている人が何人もいた。手にマイクらしき物や、ボイスレコーダーらしき物を握っている人も何人もいた。報道陣であることはすぐにわかった。

麻薬事犯などで勾留中の芸能人がこれから保釈されるんだろうな。そう思いながら自動ドアを抜けて、報道陣を避けて脇のほうを足早に通り過ぎようとしていると、カメラのストロボがたて続けに瞬《またた》いた。急に辺《あた》りが騒がしくなり、報道陣が小麦めがけて殺到してきた。

「杉浦弁護士ですよね⁉」

誰かが叫んだ声に思わず振り返った。意味がわからない。

「被告人の様子はどうだったんですか⁉」

また別の誰かが叫んだ。あっという間に報道陣に取り囲まれていた。ストロボが瞬き、マイクやボイスレコーダーが小麦の顔の前に突き出される。

「あなたは殺人犯のアリバイ作りに協力してるんですか⁉」

目の前の女性リポーターが甲高い声を出した。ようやくわかった。すでに、マスコミにリークされていたのだ。蟹江と同じことを考えた人間が他にもいた、ということだ。

小麦のような新米の弁護士に重大な局面を委《ゆだ》ねるくらいなら、マスコミを動かして横浜地検や横浜地裁にプレッシャーをかけたほうが実効性がある、と考えた人物が、おそらく警視庁か東京地検の中にいたのだろう。

「なにもお話しすることはありません」

そう言って前に進もうとしたが、人の壁がそれを阻《はば》んだ。

「殺人犯の偽装に加担していることを、どのように受け止めているんですか⁉」

また誰かが叫んだ。小麦はだんだん腹が立ってきた。どいつもこいつも、わたしを中尾雄大の味方だと決めつけている。こっちの気も知らないで。怒鳴りつけてやりたかったが、ＴＶカメラの前で感情的な発言をするのが命取りになることぐらいは小麦も知っていた。だから怒りを押し殺して、努めて冷静に言った。

「わたしは傷害事件の弁護人です。被告人を、殺人犯と呼ぶのはやめて下さい」

「その傷害事件はでっち上げじゃないか！」

小麦のすぐ左にいた、ＴＶでよく見るベテランの男性リポーターが怒鳴った。

「そっちで有罪になって、殺人事件のアリバイにしようって魂胆《こんたん》はわかってんだよ！」

まるで正義の代弁者気取りの、その偉そうな物言いが、小麦に火をつけた。

「わたしが有罪を望んでいるとでも？」

と、男性リポーターを睨みつける。そいつは一瞬怯《ひる》んだような顔を見せたが、すぐに、

「じゃあなんだ？　だったら無罪にしてみせろよ！」

と吐《ぬ》かしやがった。この野郎！　お前なんか五秒だからな！　小麦はそう思いつつ、そいつを無視して正面のカメラマンに肩からぶち当たった。

「どいて下さい！　通して下さい！」

だが、人の壁はますます厚みを増していくようだった。二、三人タックルでなぎ倒してやろうか。そう思ったものの、そんな大立ち回りの姿を全国放送で流されるのは地獄だった。

「あなたのお父さんは——」

背後から誰かが叫んだ。

「現在静岡《しずおか》刑務所に服役中ですが、今回の件を相談されましたか!?」

「父は関係ないでしょう！」

思わず振り返って大声を出してしまった。

「あなたも、お父さんの磯村《いそむら》麦《ばく》弁護士のように、犯罪者寄りのスタンスなんですか⁉」

同じ声がまた言った。こいつはネット系の奴だな。そう思った。

「わたしは父とは違います！」

「でも、犯罪者の味方なんですよね⁉」

「弁護人は、被告人の利益のために最善の努力をするのが仕事です！」

「だから、アリバイ作りにも協力する、ということですか⁉」

「なにを言ってるんですか、被告人の最大の利益は無罪になることですよ！」

もう止まらなかった。

「わたしは、無罪を勝ち取るために全力で戦います！」

そう叫んでしまっていた。

リポーターは全員沈黙した。ストロボの瞬きだけが、いつまでも続いた。

Komugi's Court

第3章

小麦の怒り

1

「小麦、大丈夫なの？」

次々にかかってくる電話は悉《ことごと》くスルーしていたが、母親からの電話には出てみた。

「あんたの映像、もうしつこいくらいテレビで流れてるわよ」

そんなことは知っている。朝から自分の目で何度も見ていた。

「こんなに注目されるのって、高校のころ以来よね？」

母親は、いつも通りに呑気《のんき》なことを言う。

「そうだね」

「けど、あんた大丈夫なの？」

母親がまた言った。一応娘のことが心配ではあるらしい。

「まぁ、大丈夫、かな？」

「でもねぇ、テレビじゃ弁護士さんとか元判事の大学の先生なんかが、このケースは絶対に無罪にはできない、って言ってたわよ」

　でしょうね。

「あんたも、本当はそんなつもりじゃなかったんでしょ？」

「は？」

「お父さんのことを持ち出されて、ついカッとなっただけなんでしょ？」

「…………」

　さすがは母親だ。呑気なようでも娘のことはちゃんとわかっている。

「一度、お父さんに相談してみたら？」

「いや、わたしは……」

「あの人は、性根《しょうね》は腐ってても凄腕《すごうで》であることは間違いないの」

「だから大丈夫だって言ってるでしょっ！」

「大丈夫じゃないって」

「…………」

　そのまま電話を切った。この件で母親と議論しても意味はない。

　父親の磯村 麦は、小麦が中学生のときに母親と離婚した。そして小麦がロースクールのころに逮捕された。闇の勢力と組んで荒稼ぎをしていたらしい。

父親は、起訴内容を全面否認し、かなりの人数の弁護団を指揮して徹底抗戦したが、最終的に上告を棄却され実刑が確定した。小麦が司法試験に合格した直後のことだった。

両親の離婚後も、父親とは年に数回は顔を合わせていたのだが、逮捕以降は一度も会っていなかった。親子二代で弁護士になる。そう思っていたのに、突然父親が逮捕され、法曹資格を剝奪《はくだつ》されて元弁護士になった。小麦はそのことを、恥ずかしい、と思った。

小麦が、司法修習を終えると直ちに独立開業の道を選択したのも、法曹関係者のあいだで悪名高き、悪徳弁護士の娘、であることが多分に影響している。

いまさら、法の世界のダークサイドに堕《お》ちた父親に助けを求めたりはしない。そう心に決めていた。

すぐにまたスマホが鳴り出した。スルーしようと思ってスマホに手を伸ばすと、液晶画面には〈蟹江先生〉と表示されていた。慌てて小麦は電話に出た。

「杉浦です」

「いやいや、やることが素早いなぁ……。どうやったの？」

蟹江は楽しそうだった。

「わたしがリークしたんじゃありません」

小麦は言った。

「え？　じゃあ誰が？」

「おそらく警視庁サイドだと思いますけど……」

「まぁたしかに、他にこんな情報知ってる奴はいないか……」

「……で、どうやって無罪にすればいいんですか？」

「うーん、難しいよねぇ」

「難しいけど可能性はある、ってことですよね？」

「うーん、どうだろう……」

「え？　先生のアドバイス通りに進んでるんですけど……」

「僕は、無罪にできたら本が売れる、とは言ったけど、無罪にできる、とは言ってないよ」

マジか？　じゃあなんなんだ、そのアドバイスは⁉

「とにかく、身代わり犯人説を信憑性《しんぴょうせい》のあるものにできるだけの状況証拠を積み上げていくしかないね。口裏を合わせている三人の供述の矛盾点を見つけるとか……」

「矛盾が起きるほどしゃべってないんですよ三人とも。わからない、覚えてない、ばっかりで」

「うーん、……じゃあ今後警視庁が提供してくれる情報に期待するしかないんじゃないかな」

「はぁ……」

「とにかく頑張って下さい、応援してるからね。ではでは……」

「…………」

電話が切れた。小麦は深いため息をついた。

きのう横浜拘置支所の表で、ＴＶカメラを前につい口走ってしまったことを、いまさらながらに後悔していた。全てを無視すればよかった。

そもそも、なぜわたしがマスコミから責められなければならないのか？　小麦はそう思った。被告人に雇われた私選の弁護人ではなく、裁判所に雇われた国選の弁護人なのに。あんなに責められていなければ、こんな展開にはなっていないはずだ。しかも父親のことまで持ち出してくるなんて。いったいわたしがなにをした？　なにゆえあんな辱《はずかし》めを受けなきゃならないんだ？

　中尾雄大を有罪にしようとしているのは検察なんだぞ。文句が言いたければ検察官か、こんな訴えを受理した裁判所の判事のところに行くべきじゃないか。まぁどうせ、公的機関はガードが堅いから、護《まも》ってくれる組織を持たない弁護人のところに来るんだろうけどさ。

　ともかく、これでマスコミから責められる立場ではなくなったのはたしかだ。これからはバカな新米弁護士という扱いを受けるだけのことだった。どっちがマシかはともかくとして。

　こうやってマスメディアに大々的に報じられたことで、横浜地検が起訴を取り下げる、などという展開はあるのだろうか？　いや、ないな。そう思った。なぜなら、この案件はそういう案件だからだ。そんな小麦にとって都合のいい展開になどなってくれるはずがない。

　ということは、すなわち本当に裁判で無罪を主張しなければならなくなるということだ。小麦が初めての法廷で大恥をかかずに済むためには、それなりの理論武装をしておかなければならなかった。だが、武装しようにも武器がなにもない。味方も一人もいない。その上周囲は敵ばかりだ。検察も敵。被害者も敵。目撃者も敵。そして小麦が護る対象のはずの被告人も敵だった。

　いいかげんうんざりしてきたのでシャワーでも浴びようと思った。部屋着にしている大学時代のレスリング部のジャージを脱いで下着姿になったところで、またスマホが鳴り出した。

今度は誰？　そう思って画面を見ると、〈津川克之〉と表示されていた。

小麦の胸に怯《おび》えが走った。そのままスルーしようかとも思ったが、どうせ無視することはできない相手だ。覚悟を決めて電話に出た。

「はい杉浦です」

「あんた、磯村の娘だったんだな」

いきなり津川はそう言った。

「世話になったことはないが、評判は聞いてる。……いい弁護士だってね」

微かに笑いを含んだ声だった。

「そんなことを言うために、わざわざお電話下さったんですか？」

ムッとした声が出てしまった。

「いや、……情状証人として出廷する際の、打ち合わせが必要かと思ったもんでね」

笑いの気配を消して津川は言った。

「あの、あなたに情状証人をお願いする必要はなくなりました」

これは、伝えておかなければならないことだった。

「ほう、なぜかな？」

「弁護方針を変更したからです」

「フッ……」

電話の向こうで笑いが漏れたのがわかった。

「あんたがマスコミに向かって言い放った、無罪にする、というのは本気だったのか？」

「ええ、そうです」

「あんたは若い。将来のある身だ。だから一つ忠告しといてやろう」

「は？」

「あんたは、警視庁や東京地検に踊らされてる」

「え？」

「あいつらが、本気で無罪にしてもらえると、あんたに期待してるとでも思ってるのかな？」

「…………」

　言われてみれば、三村個人はともかくとして、警視庁の上層部や東京地検が、小麦に期待するなんてことがあるとは思えなかった。

「あの連中は、単に時間稼ぎがしたいだけだ。だからマスコミにリークしたんだ」

「え？　どういうことです？」

「このチンケな傷害事件を、裁判員裁判にしようとしてるってことだ」

「え!?」

　小麦はそのまま息を飲んだ。

　たしかに、マスコミが騒いで世間の関心を集めれば、横浜地検も横浜地裁も不安になる。結果として中尾を有罪にしたとき、世間の非難に晒《さら》されるのは確実だからだ。それなら裁判員裁判にするべきだ、と言い出す可能性は充分にあった。

あくまでも、中尾を有罪にしたのは検察官でも判事でもなく一般市民の中から選ばれた裁判員なんだ、ということにして自分たちの責任を回避するために。

「そうやって、捜査のための時間を稼ぐ。それが、警視庁と東京地検の狙いなんだ」

「そ、そんな……」

裁判員裁判になれば新たに裁判員を選ばなければならないし、公判の日数も長くなる可能性が高い。到底従来の日程では不可能だ。そして裁判所のスケジュールはギチギチに詰まっている。かなりの先送りをしなければならなくなるだろう。

「だが裁判員裁判にするためには、検察側と弁護側に争いがなければならない。だからあんたに無罪を主張させたんだ。都合よく踊ってくれる無知な弁護士にね」

「………」

津川の言うことはもっともだった。どう考えてもマスコミへのリークは警視庁か東京地検以外にありえない。その目的がようやくわかった。

小麦は猛然と腹が立ってきた。警視庁に。そして三村刑事に。

「しかし、いくらそんな時間稼ぎをしてみたところで、警視庁は起訴を取り下げさせられるだけの証拠など見つけられない。そんなものは存在しないからだ。……そして裁判が開かれ、確実に有罪判決が出る」

「そうですかね？　裁判員裁判になれば、市民から選ばれた裁判員たちは殺人犯のアリバイ作りをさせないために、無罪にしたがるんじゃないですか？」

「無理なんだよ。陪審員制度じゃないんだ。あんたにだってわかってるはずだ」

「…………」

アメリカの陪審員制度では、刑事裁判においては十二名の陪審員の全員一致でなければ評決を出すことができない。だが日本の裁判員制度は、六名の裁判員と三名の裁判官の、計九名による多数決によって判決が出る。しかも、多数の側に一名以上の裁判官が含まれていることが必須の条件とされていた。

「市民の感情だけでは判決が出せない。あんたは裁判官を納得させる自信があるのか？」

「…………」

「なにを根拠に無罪を主張するつもりなのかは知らんが、あんたの主張を裏づけるものはなにもないんだ。それに対してこちらには、被告人と被害者と目撃者の供述調書がある。法律のプロである裁判官がどう判断を下すかは、あきらかだと思うがね」

「裁判員裁判になるんなら、東雲の目撃者が使えます」

「ほう」

「起訴を取り下げさせる証拠からは排除されていても、法廷に証人として呼んで、その日、その時刻に東雲で見た、と証言させれば合理的疑いになります」

「どうかな」

「あなたがどれだけ法律に詳しくても、わたしは弁護士ですよ」

「あんた、最近中尾に接見したか？」

「ええ、きのう」

「少し痩《や》せたと思わなかったかね？」

「え？」

「あいつはストイックな男でね、必要とあれば裁判員裁判が始められるようになるまでに、あと十キロぐらい落とすのは簡単なことだ。そうなったら顔はまるで別人のようになる」

「あ……」

「そのころには髪の毛もずいぶんと長くなっているだろうし、裁判にはスーツを着てネクタイを締め、髭《ひげ》もきれいに剃《そ》って出廷するだろう」

「………」

「東雲の目撃者は、そんな中尾と対面しても、私が見たのはこの人に間違いありません、と断言できると思うのか？」

その通りだった。そこが覆《くつがえ》れば全てが終わる。横浜の事件も、東雲の事件も。

「結局、あんたは日本中が注目する裁判で大恥をかき、ピエロになって笑い物にされる。そして弁護士会の懲戒処分を受けることになる。あんたをそんな状況に追い込むのは忍びなくてね」

「ではわたしに、無罪を主張するな、と仰しゃってるんですか？」

「いや、それはどちらでもいい。あんたの決めることだ。ただ、我々としては、結果が決まっている裁判に長い時間をかけたいとは思っていないんでね」

「え？」

「あくまで無罪を主張するというのなら、あんたにはこの裁判から退場してもらうことにする。それがあんたのためでもあるからね」

「言っておきますが、国選の弁護人を解任することはできませんよ」

「解任するんじゃない。私選の弁護人に切り替えるだけだ。現実的な弁護人にね」

「ではそうして下さい。こんなクソみたいな裁判から離れられて、爽々《せいせい》しますよ」

「フッ、合意できてよかったよ。では……」

電話が切れた。

この案件から解放された喜びは湧いてこなかった。ただ怒りだけが残った。

2

たっぷり時間をかけてシャワーを浴びると、少し気分がマシになった。髪の毛をバスタオルで拭きながら部屋に戻りスマホをチェックする。不在着信が十五件も溜まっていた。留守電も七件あった。そのほとんどは知らない番号からだったが、三件だけは登録してある番号からだった。兄からと、三村刑事からと、横浜地検の鈴木事務官からの電話だ。

とりあえず、鈴木事務官には電話を入れておくことにした。

「はい」

「あの、弁護士の杉浦ですが……」

「ああ、杉浦先生」

「お電話いただいたのに出れなくて申しわけありません」

「いえね、先ほど地裁の書記官から電話がありまして、そのときに、杉浦弁護人に何度も電話をしているのに全然連絡が取れない、と言ってたもんですから……」

「え？　書記官？」

「あなたがマスコミに向かって、無罪にする、なんて言うからですよ。裁判所も相当慌ててるんじゃないですか？」

「はぁ……」

「あれって、本気じゃないですよね？」

「あの、それなんですけど、わたし、この件から降りることになりまして……」

「え？　辞任されるということですか？」

「いえ、被告人サイドから、私選の弁護人に切り替える、と連絡がありまして……」

「ああ……」

「無罪を求めたりしない、まともな弁護人を雇うそうです」

「なるほど、そういうことですか」

「あの、このことは、わたしのほうから裁判所に報告すべきことなんでしょうか？」

「いえ、私から伝えておきますよ。ちなみに、その連絡は被告人の家族からですか？」

「いえ、被告人の勤務先の社長の、津川氏から……」

「了解しました。では……」

「あの、どうぞよろしくお願いします」

電話を切る。これでもう、裁判のことは忘れてしまってもよさそうだ。そう思った。

三村刑事からの電話は無視することにした。もうわたしには関係ないことだ。いまさら三村に怒りをぶつけてみてもしょうがない。兄からの電話に応えるべきかどうかを考えた。どうせＴＶを見て面白がっているだけだろうとは思ったが、心配してくれている可能性もないわけではないので、一応折り返しておくことにした。

「おう小麦、元気か？」

「まあね。そっちは？」

「俺は相変わらずだけど、お前なんかスゲーことになってんじゃん」

「ああ、それはもう終わった」

「え？」

「ぶっちゃけ、馘首《クビ》になった」

「なんだよ、つまんねーの」

「で？　電話くれたのはそのこと？」

「いや、お前が世間を賑《にぎ》わしてることの反響があってな」

「は？」

「さっき、ウチのクライアントの社長から電話があってね……」

兄は横浜市内の広告代理店で、営業職のサラリーマンをしている。

「小麦に、刑事弁護の依頼をしたいって言ってる」

「ほう」

マスメディアで取り上げられたことに、こんな宣伝効果があったとは。もしかすると、七件の留守電の中にも仕事の依頼があるのかも知れない。あとでチェックしておかねば。そう思った。

「詳しいことは聞いてないけど、その女社長はとんでもねえ金持ちだからさ、おいしい仕事にはなるんじゃないかな。やる気があるんなら先方の連絡先送っとくけど……」

「ぜひ、お願いします」

一つ仕事を失ったばかりのいまの状況では、新たな仕事は大歓迎だ。電話を切ると、早速七件の留守電をチェックした。

そのうちの五件は予想通り報道各社からの取材の申込みだった。あとの二件は、三村刑事からの、またお電話します、というものと、横浜地裁の後藤田《ごとうだ》書記官からの、至急ご連絡下さい、というものだ。全て放っといていいものだった。なんだよ、仕事の依頼なんかないじゃないか。

そうしているあいだに、ＬＩＮＥに兄からのメッセージが届いた。小麦に依頼したいと言ってきている相手は、株式会社トゥルービューティー代表取締役、神林《かんばやし》美保子《みほこ》と記《しる》されていた。

社名からすると、エステサロンか化粧品の会社かな？　と思いながら電話をかけてみる。

「はい、どちら様？」

「あの、わたくし弁護士の杉浦と申しますが……」

「あら杉浦先生。早速お電話下さってありがとう」

ＴＶでよく見るセレブ感満載の女社長っぽい、鼻にかかった声だった。

「いえ、こちらこそご連絡いただきありがとうございます」

「わたくしね、テレビで先生の果《か》敢《かん》に権力に立ち向かうお姿を拝見して、大変感銘を受けましてね、ぜひともわたくしどものお力になっていただきたいと思いましたの」

ちょっとなに言ってるかわかんないんですけど。

「時間の余裕もないものですから、もし先生のご都合がよろしければすぐにでもお目にかかってご相談したいんですけど、いかがかしら？」

「ええ、大丈夫です。すぐに伺います」

その結果、横浜ランドマークタワー四十一階のオフィスを訪ねることになった。ブルジョアの匂いがプンプンするなぁ。いつの間にかテンションが上がってきているのを感じた。


エレベーターを四十一階で降りると、カーペット敷きの幅の広い通路の先に、ゴージャス、という言葉以外に形容のしようがないものの、センスがいいとは言い難《がた》いエントランスが見えた。その入口には一人の美しい女性が立っている。生地が純白であること以外はＣＡさんの制服だとしか思えないスカートスーツを着て、ご丁寧に首には薄いパープルのスカーフをリボンを横向きにして巻いていた。小麦に向かって深々とお辞儀をすると、

「杉浦先生でいらっしゃいますね？」

と、素晴らしい笑顔で言った。オスカーに所属していると言われても納得してしまうほどの、プロポーション抜群の美女だった。いい給料もらってんだろうな。そう思った。

「はい、杉浦です」

「お待ちしておりました。ご案内いたします」

先に立って歩き出した美女の、タイトスカートに包まれたヒップが左右に揺れている。その下の、七センチヒールへと繋がるふくらはぎと足首が美しかった。身長も小麦よりも十センチ以上高いだろう。世の中は不公平だ。とっくに知ってたけど。

無駄にカネの匂いがする廊下の左右の壁には、縦が小麦の身長ほどもありそうな巨大なパネルが、これでもかと並んでいる。そのパネルに収められたポスターには、小麦も深夜のＴＶＣＭで見たことがあるコラーゲンたっぷりの美容クリームのケースだったり、箔《はく》押しの高級感しかないパッケージだったり、蓋を外してクリームがニョキッと突き立っているアップだったり、ＣＭに起用されている元タカラジェンヌの横顔だったりの写真がそれぞれ使われていた。

アンチエイジングに命を懸けているセレブな奥様方がお使いになる、超高級な化粧品の会社の社長なら、そりゃカネ持ってるだろうよ。そう思った。

美女がドアをノックして、

「杉浦弁護士がお見えになりました」

そう声をかけてからドアを開け、小麦を中に通した。

「ようこそ、杉浦先生」

クリスタル製かと思えるような透明で巨大なデスクから起ち上がったのは、五十前後に見える小柄な女性だった。

いかにも値の張りそうな衣裳と、一流ヘアデザイナーの手による個性的すぎるヘアスタイルが前面に出すぎていて、ごく平凡な顔が埋もれてしまっている印象だった。

「どうぞお掛けになって」

名刺交換を済ませると、床も壁も大理石の、四十畳はあろうかという社長室の中央に置かれたゴージャスをこじらせたようなソファーを勧められた。

「お紅茶でよろしいかしら？」

「いえ、どうぞお構いなく」

ソファーに腰を下ろして小麦は言った。

「あら、そう？　それじゃ早速用件に入らせていただこうかしら」

全面に薔薇と思しき彫刻が施《ほどこ》された、白くて楕円形の猫脚のローテーブルを挟んだ向かい側のソファーに神林社長が腰を下ろす。小麦はバッグから法律用箋《リーガルパッド》とボールペンを取り出した。

「はい、伺います」

「実は、先週息子が逮捕されましてね……」

「罪状は？」

「冤罪《えんざい》なんです。息子はやっていないと言っています。濡《ぬ》れ衣《ぎぬ》なんです」

「はい、逮捕容疑はなんでしょう？」

「……盗撮、です」

「どういった状況での逮捕だったんですか？」

「現行犯です」

うーん、現行犯逮捕で冤罪は無理があるぞ。

「息子の拓海《たくみ》が元町のショッピングモールを歩いていたとき、後ろから走ってきた男が拓海が手に提げていたショッピングバッグになにかを押し込んで、そのまま走り去ったんです。見てみると小型のビデオカメラが入れられていて、拓海はわけがわからずに、その男の行方を目で追ってキョロキョロしているところに通報を受けて出動した警察官がやって来て職務質問されて、拓海がいくら事情を説明しても信じてもらえなくて、そのビデオカメラの中に盗撮の映像があったということで現行犯逮捕されてしまったんです」

「はぁ……」

「真犯人は、被害女性に気づかれて騒がれたので逃げ出して、たまたま似た服装をしていた拓海にビデオカメラを押しつけて逃げたんです」

「そう息子さんは仰しゃっているんですね？」

「土曜日でショッピングモールも混雑していて、防犯カメラの映像でもビデオカメラを入れられたところが確認できないらしくて、それで拓海は濡れ衣を晴らすことができずにいるんです」

「…………」

こりゃやってんなぁ。小麦はそう思った。

「なんとか杉浦先生のお力で、拓海を救ってやっていただきたいんです」

「拓海さんはおいくつですか？」

「三十五です」

「お仕事は、なにを……？」

「いまは、無職です。以前働いていた会社でパワハラを受けたものですから……」

「それは、いつごろ？」

「そう、六年ほど前になりますかしら」

「………」

六年間無職の三十五歳。どんどん気持ちが萎《な》えていくのはなぜだろう？　だがそれにしても、息子が三十五歳だということは、五十前後だと思った神林社長は、実際は六十ぐらいにはなっているのだろう。この会社の美容クリームのお蔭なのかどうかは知らないが。

「あの、冤罪事件ということでしたら、わたしなんかよりも、もっと経験豊富な弁護士を……」

「もちろん、すぐに当社の顧問弁護士の紹介で高名な刑事事件専門の弁護士を雇いました。でもその方は、やってない、と言っている拓海の言葉を信じないんですよ」

「はぁ」

「早く罪を認めたほうがいい、そうでないと大変なことになりますよ、って、まるで拓海を犯人扱いです。弁護士がですよ。信じられないでしょ!?」

「………」

プロフェッショナルの刑事弁護士がそう言ってるということは、そういうことなんです。そう言いたかった。母親が信じないだけで、きっといろんな証拠が見つかってるに違いない。

「冤罪を訴えている依頼人を信じない弁護士になんか用はない。そう思っていたところでテレビで杉浦先生を拝見いたしましてね」

「はぁ」

「絶対に有罪確実だと言われている裁判なのに、無罪を勝ち取るために全力で戦います！　そう仰しゃってるお姿に感動してしまって……。ああ、拓海を信じて無罪を争っていただける弁護士さんは、この方しかいない、と……」

「あの、ご自宅の家宅捜索は行われましたよね？」

「ええ」

「息子さんのパソコンとか押収されました？」

「詳しいことは存じません」

　きっとパソコンの中から過去の盗撮映像がいっぱい出てきちゃってたりするんだろうな。押しつけられたと主張しているビデオカメラに収められていたデータカードから、拓海の指紋が検出されていたりもするんだろうな。

　そういう事実に対してもこの母親は、それはなにかの間違いだ、とか、それは仕組まれたものだ、とか、それはたまたまそうなっただけだ、なんてことを言うんだろうか。

　そもそも、なぜ息子の言うことは百パーセント信じちゃうのにプロの刑事弁護士の言うことは一ミリも信じないのだろうか。

「報酬はお望みのままにお支払いします。引き受けて下さるかしら？」

この言葉を聞いて断る奴はいない。そう確信している笑みで神林社長が言った。この人のバカ息子は、どんな証拠を突きつけられても母親がカネの力でなんとかしてくれる、と信じているのだろうか。

「残念ですが、お断りします」

小麦はリーガルパッドとボールペンをバッグに仕舞った。弁護士を信じない人間のために働くつもりはなかった。

「え？」

神林社長は、信じられない、という顔を凍りつかせたまま絶句していた。

「息子さんには、早く罪を認めるように、とお伝え下さい」

そう言って小麦は、座り心地だけはいいソファーから起ち上がった。

3

「ダメ元で何人かに声をかけてみたが、結果は予想通りだ」

電話の向こうの瀧上《たきうえ》が言った。

「いま、こんな案件を引き受ける弁護士はいないって言ったろ？　あんたがどうしてもって言うからやってはみたが、どいつもこいつも俺をバカ扱いしやがる。もうこれ以上電話をかけたくはないね」

瀧上は元々第二東京弁護士会に所属する弁護士だったが、アウトローと組んで都心の一等地に店を構える老舗の和菓子店の相続争いに介入し、乗っ取りを画策した。乗っ取りは成功し和菓子店が所有するビルを大手デベロッパーに売却して巨額な稼ぎを得たが、その後逮捕され、詐欺罪他七つの罪状で起訴された。そして四つの罪で有罪となり懲役に行った。

弁護士会から除名され法曹資格を失った瀧上は、出所後は裏社会での法律アドバイザーとして重宝されている。

津川は瀧上に、中尾の裁判の弁護人を務めてくれる弁護士を探させた。なにもしないでいい、法廷で半日座っててくれれば五百万払う、そう持ちかけさせた。

「こんだけマスコミに騒がれて、しかもあの国選のおねえちゃんが、無罪を目指す、なんてこと言っちまったもんで、愚かな大衆はそれを期待しちまってるんだ」

「…………」

「なのにそのおねえちゃんを降ろして、代わりに有罪を受け入れる弁護人が雇われたとなりゃあ世間の怒りが爆発する」

それは津川にもわかっていた。だが、それでも引き受ける弁護士は必ずいるはずだ。弁護士は言い訳の達人だからだ。どんなに間違ったことにでも、なにかしらの大義名分を見つけることができる生き物だ。そう思っていた。

「いまどきは、世間を怒らせるとそりゃあ酷《ひで》えことになる。本人はおろか、カミさんや子供たちの名前や顔写真もネットで晒《さら》されるんだ。自宅の住所や通ってる学校までな……」

「…………」

「自分が正義だと思ってるネット民ってのは、やることがエグいからな……」

「だったらしょうがない。藪下《やぶした》でいい。あのジジイならやるだろう」

津川は言った。もう少しマシな弁護士を、と思っていたのだが贅沢は言っていられない。

藪下というのは七十を過ぎた弁護士だが、酒とギャンブルで身を持ち崩し、名義貸しでかろうじて食いつないでいる男だ。言葉は呂律《ろれつ》が回らず、前歯は上下合わせて三本しか残っていない。とても人前に出せる代物《しろもの》ではなかった。

もう二十年近く、本人が弁護士として活動したことなど一切ないのだが、グレーゾーンで稼いでいる連中が行政機関に提出した書類にはやたらと名前が登場する、そういう存在だった。

「なんだ、知らねえのか？　あの爺さんならくたばったよ」

「あ？」

「去年の暮の、東京に大雪が降った夜、側溝に嵌《はま》ってそのまま凍死したんだとさ」

「…………」

「もう諦めなって。たとえ倍の一千万払うって言っても引き受ける弁護士はいない。どうせ裁判では有罪判決が出るんだ。心配することはねえよ」

「もう少し、探してみてくれないか？」

「だったらあんたが探しな。俺は関わりたかぁないね」

電話が切れた。

4

ドアが開いて店に入ってきた二人の客は、マスターの「いらっしゃいませー」の声を無視してカウンターで独り飲んでいた木村《きむら》の両隣に座った。

「なんだテメエら？」

木村は言った。二人とも、見たことのない三十前後の厳《いか》つい男だった。

「この近くに、私の知ってるいい店がある」

右隣の口髭の男が言った。

「そこにあなたをご案内しようかと思ってね」

木村の脇腹に、なにか硬いものが押し当てられた。見なくてもわかった。拳銃だ。

「大人しく、つき合ってくれるね？」

「マスター、警察を呼んでくれ」

木村は静かに言った。木村の住む世界では、拉致《らち》されるということは殺されるということだ。

ただならぬ雰囲気に、木村と客にはなりそうもない二人の男を見つめていた五十前後の小太りのマスターは、慌てて背後の洋酒のボトルが並べられた棚に置いてあったコードレスの電話機に手を伸ばした。

「やめろ」

木村の左隣の男が起ち上がる。マスターの動きが止まった。

「こいつがどうなろうと、お前になんの影響もない。そだろ？」

その男は落ち着いた声でマスターに言った。

「余計なことをすると、あしたこの店が火事になる」

ヒュッと音を鳴らしてマスターが息を飲む。

「それか、お前の家かも知れない」

マスターの右手が下に降りた。もう二度と電話に手を伸ばす気にはならないことがわかった。

狭いカウンターだけのバーの、他に三人いた客も、全員が沈黙していた。

「じゃあ、行こうか」

右隣の男が木村の耳に囁いた。

「俺はどこにも行かない。この店でまだ飲みたいんでね」

木村は言った。

「撃ちたければここで撃ってみろ」

「そうなると、マスターも奥の三人の客も、殺さなきゃならない」

右隣が言った。

「あなたのせいで、無関係の人が四人死ぬ。そうなっていいか？」

「構わんよ。なんで俺が、お前らの仕事を楽にするのに協力しなきゃならねえんだ？」

言い終わるよりも先に左隣が素早くカウンターの内側のシーバスのボトルを掴むのが見えた。躱《かわ》そうとしたが右隣に肩を掴まれた。続けて後頭部に衝撃が来た。


「目が覚めたか？」

左側から声が聞こえた。先ほどまで右隣に座っていた口髭の男の声だ。後頭部の激しい痛みに木村は呻《うめ》き声を漏らした。酷《ひど》い二日酔いのときのような、頭が割れそうな痛みだ。だがすぐに、生きるか死ぬかの瀬戸《せと》際《ぎわ》だという感覚が蘇《よみがえ》った。強引に目を開ける。

走行中のセダンの後部座席の右側に座らせられていた。左に口髭がいて、バーで左隣にいた男は助手席から振り返って木村を見ていた。ドライバーは車の中で待機していたのだろう。木村の両手首はケーブルタイで縛られていた。

「お前ら何者だ？　人違いじゃねえのか？」

木村は言った。人違いではないだろう。だが、こいつらが何者なのかは見当もつかなかった。

「人違いじゃないよ、木村さん」

口髭が言った。その手には、刃渡りの長い両刃のナイフが握られている。

「いやいや、あなたなかなか度胸がある。さすがは安東グループのナンバー3《スリー》ね」

「………」

「私たちはあなたを殺すのじゃない。ただ話が聞きたいだけ」

「なんの話だ？」

「先月のある夜に、私たちの仲間六人、姿を消した」

「！」

「ひと晩で六人、痕形《あとかた》もなく消えた」

そうか、そういうことか。

「もちろん私たち、最初に安東グループを疑った。だけどあなたたちに、銃を持って警戒してる六人を、きれいに消せる力があるとは思えない」

こいつらは台湾《たいわん》の連中だ。話を聞きたいだけのはずがなかった。

「そしたら今度は、安東と木崎が殺された。私たちわけがわからなくなった」

こいつらは、俺を殺す前に事情をあきらかにしたいだけだ。木村はそう思った。

「それが、最近のニュースでやっとわかったよ。安東たち三人殺したの、日南商会のソルジャーだった。あなたたち、津川に依頼して仕事をさせただろ？」

「俺は、その件には関わってない」

木村は言った。それはウソではなかった。

「だろうね。あなたは別件でずっとフィリピンにいた。安東たちが殺されたから、慌てて戻ってきたんだろ？」

こいつはよく知っている。おそらく六人が消えてからずっと調べていたのだろう。

警察が必死に木村の行方を追っていることはわかっていた。だが、警察が木村を見つけることはできない。そのことには自信があった。しかしこいつらには発見されてしまった。すでに仲間の一人が捕まって、しゃべらされてから殺されているに違いない。

「でも、あなたがなにも知らないはずがないね。安東グループと日南商会がトラブルになった。その理由を、あなたの口から聞きたい」

「…………」

素直に吐けば、それだけ木村は早く殺される。だが吐かずに頑張れば、指を落とされたり鼻を削《そ》がれたり目玉を抉《えぐ》られたあとで殺される。

どうせ殺されるのなら、こいつらも道連れにしてやる。そう覚悟を決めた。

「煙草をくれ」

木村は言った。

「あ？」

口髭が訝《いぶか》しげな眼で木村を見た。

「なんでもしゃべる。だから煙草を吸わせろ」

「…………」

口髭は少し考えているようだったが、やがて右手のナイフを木村に向けたまま、左手で上着のポケットから煙草のパッケージとライターを取り出した。どちらも木村から奪ったものだ。それを、シートの木村と口髭のあいだに置く。

縛られた両手で煙草とライターを摑み、木村は振り出した煙草を一本くわえると火をつけた。ライターは手にずしりとくる18金のダンヒルだ。深く吸い込んだ煙を吐き出しながらダンヒルを口髭の顔面に投げつける。

口髭は軽く頭を振ってライターを躱したが、次の瞬間、木村の両手を合わせたチョップが喉に叩き込まれた。

確かな手応えは感じたが同時に木村も刺されていた。脇腹に鋭い痛みが走った。木村はシートを蹴ると、運転席と助手席のあいだから前に飛び込んだ。

慌てて助手席の男が銃を抜く。木村は構わずにハンドルに覆い被さるようにして、急激に右にハンドルを切った。車は対向車線に突っ込み、ヘッドライトが次々に必死で逃げていく。盛大なクラクションが鳴り響いた。

ドライバーは前が見えずにパニックを起こしながらも、なんとかハンドルを左に戻そうと力を込めてくる。木村はそれに抗《あらが》いながら、無理やり左足を突っ込んでドライバーの足の上からアクセルを踏み込んだ。急加速した車は対向車線を逆走し続ける。

「止めろッ！」

助手席の男が叫んだ。後頭部に銃口が強く押し当てられている。

「撃ってみろッ！　撃ってみろよこの野郎ッ！」

木村は大声を出しながら、さらにハンドルに力を込める。路上駐車していたコンビニの搬入用のトラックが、見る見る大きくなった。

凄まじい衝撃が襲ってきた。

5

小麦が小さな会議室のような部屋に通されたとき、テーブルを囲んでいる四人の中に横溝検事と鈴木事務官がいるのを見て驚いた。え、どういうこと？

慌ててペコペコと頭を下げながら部屋に入ると、正面の右側に座っていた四十ぐらいの小柄な男性が起ち上がり、

「急にお呼び立てして申しわけありません。書記官の後藤田です」

と言ってから、正面の中央に座る大学教授のような風貌をした五十前後の女性を手で示した。

「こちらが、裁判長を務められる富坂《とみさか》判事です」

「あ、はい。あの、弁護士の杉浦小麦と申します！」

小麦は深々と頭を下げた。

「富坂です。どうぞお掛け下さい」

裁判長は椅子に腰掛けたまま、恐ろしく事務的な口調で言った。

「はい」

小麦は裁判長が左手で示した、横溝検事の向かい側の席に腰を下ろした。

これはいったい、どういう会合なのか？　後藤田書記官からの呼び出しのＦＡＸを受け取ったとき、なんだ、やっぱり弁護人から外れることに関して、直接裁判所に対して報告なり説明なりをさせられるんじゃないか、そう思った。そして、おそらくなんらかの書類に署名押印して提出するのだろう、そう思ってやって来たのだ。

だが、どう見ても雰囲気が違う。なになになに？　怖い怖い怖い。

「杉浦弁護人にお訊ねします」

裁判長が、小麦を見つめて言った。

「あなた、本気で無罪を主張するつもり？」

「いえ、あの……」

小麦は慌てて起ち上がり、

「わたしは——」

「座ったままで結構です」

裁判長が冷やかに言った。

「えー、あの……、先日、そちらの鈴木事務官にもお伝えしたんですが……」

小麦は再び椅子に腰を下ろして言った。

「わたしは、本件から外れることになりまして……」

「いいえ、そうはなりませんよ」

裁判長が言った。

「あなたは現在も、そしてこれからも、被告人中尾雄大の国選弁護人です」

「は？　どういうことでしょう？」

小麦はわけがわからなかった。

「いつまで経っても新たな弁護人の選任届が提出されないもので……」

後藤田書記官が言った。

「私のほうで確認しましたところ、私選の弁護人に変更するつもりはない、と……」

「え⁉　でも津川氏はわたしにはっきりと……」

「ですが津川氏は、杉浦弁護人とは多少の言葉の行き違いがあったようだ、杉浦弁護人に誤解を与えるような言い方をしてしまったかも知れない、と……」

「そ、そんな……」

「まぁどうせ、いくら探しても別の弁護人を見つけられなかったんでしょうよ」

裁判長が言った。

「それはもうどうでもいいことです。で、杉浦弁護人？」

「は、はい」

「あなたは、本気で無罪を主張するおつもりなの？」

お前はバカなのか？　そう訊かれているような気がした。

「えー、その件に関しましてはですね……」

「無罪を主張するのかしないのか、明確に答えてちょうだい」

「えー、まぁなんと申しましょうか……」

「杉浦さん、あなたはすでに示談を成立させているじゃないですか」

横溝検事が割り込んだ。

「そして私に、五十万円の示談金は被告人の深い反省の現れだ、と言いましたよね？」

「だったらなんなんです？」

小麦は腹が立ってきていた。みんなで寄ってたかってわたしを吊るし上げようっていうの？

「だからわたしに、無罪を主張するな、と仰しゃってるんですか？」

横溝検事を睨み据える。

「矛盾していることを指摘したまでだ」

横溝検事は小麦と目を合わせずに言った。

「この場にいる全員が、心の中に矛盾を抱えているのではないんですか？」

小麦は言った。

「そして、正しい道を指し示すべきなのは、わたしではなく、あなた方のはずです」

小麦は一人一人に順に視線を向けた。誰も目を合わせようとはしなかった。

しばし沈黙の時が流れた。それを破ったのは、やはり裁判長だった。

「では杉浦弁護人、無罪を主張される、ということでよろしいですね？」

「裁判をするというのなら他に選択肢はありません。ですが、誰か他の人に代わってもらうことはできないんですかね？」

小麦はそう言った。

「現段階では、他の弁護人を見つけるのは難しいと思います」

裁判長が言った。

「そして、おそらく無罪を主張する弁護人はあなた以外には一人もいないでしょう」

「だったらわたしがやります」

津川や中尾の思い通りにはさせない。その思いに身を任せることにした。

「では本件は、否認事件として裁判員裁判に変更します」

裁判長が宣言した。

「日程の変更はやむを得ませんが、大幅な順延にならないよう調整いたします。検察側、弁護側ともに異存はありませんね？」

「同意いたします」

横溝検事が言った。

「同意いたします」

小麦は言った。

「本件の特異性を考慮して……」

裁判長が小麦に視線を向けた。

「公平性を欠くことのない範囲で、極力弁護側に配慮しながら審理を進めていくつもりです」

そして今度は横溝検事に視線を向け、

「ですから検察側も、徒《いたずら》に弁護人の揚げ足を取るような態度は慎んでいただきます」

「仰せのままに」

横溝検事が言った。

「では、本日は以上です」

裁判長が席を立った。


マナーモードにしてあったスマホをチェックしながら裁判所を出ると、ＴＶカメラが待ち構えていた。だが前回のような大人数ではなく、どうやら一つの局の取材クルーだけのようだ。

「杉浦さん、裁判員裁判になるんでしょうか？」

報道局の記者、といった感じの女性がマイクを突き出してくる。小麦はスマホを耳に当てて、いま通話中なんでごめんなさい、という態《てい》でペコペコ頭を下げながら通り過ぎる。

「杉浦さん！　無罪にできる自信はあるんですか⁉」

女性記者が追い縋《すが》ってくるが、相手が諦めるまで加速してやった。それにしても、なぜここで張り込んでいたのか？　裁判所に来ていた誰かがタレ込んだに違いない。いやな世の中だ。

そのとき耳に当てていたスマホが鳴り出してびっくりした。画面を見ると、三村刑事からだった。ずっと彼からの電話は無視していたのだが、弁護人を続けることになった以上、出ないわけにもいかなかった。

「はい」

「あ、あの、三村です」

「ええ。あなたのお望み通り、裁判員裁判になりましたよ」

「えっ？」

「わたしは、上手に踊れていますか？」

「あの、いま横浜に来ています。少し会って話せませんか？」

「あなた方の目的は達成できたんですよ。これ以上なにを話すというんです？」

「あなたにお伝えしたいことがあります」

「裁判を取り止めにできるような証拠でも見つかったんですか？」

「いえ、菅原道春が見つかりました」

「えっ？」

結局、前回同様横浜駅の側《そば》のビッグエコーで会うことになった。小麦が到着したとき、三村はすでに店の前に立っていた。

「レスリングをやられてたんですね」

個室に入ると三村が言った。

「調べたんですか⁉」

思わず険しい声が出てしまった。

「いえ、テレビで言ってました。オリンピックの強化指定選手だったとか……」

まったく、余計なことを。

「高校のころの、ほんの一時期のことです」

「でも、すごいじゃないですか」

それを無視して小麦は壁の電話を取り、勝手にアイスティーとアイスウーロン茶を注文した。

「あ、すいません……」

三村はまた、ものすごくしょげた顔になっている。またしても、どこに地雷が潜んでいたのか見当もつかないのだろう。

「じゃあ、お話を伺いましょうか」

腰を下ろすと小麦は言った。

「実は、菅原道春の他にもう一人、重要な人物が見つかりました」

三村はシートに座るとそう言った。

「誰です？」

「木村正剛《せいごう》という男で、東雲で殺害された安東らの組織の幹部です」

「え？」

「我々はずっと木村を追っていました。その男なら東雲の事件が発生するに至った事情を知っているはずだからです」

「じゃあ、裁判をストップさせられるんですね？」

小麦の胸に、歓喜の情が湧き上がってくる。

「意識が戻れば……」

三村の声は昏《くら》かった。

「え？　ど、どういうこと？」

「木村は何者かに襲撃され、逃《のが》れようとして車の事故を起こしました」

「……」

「一命は取り留めましたが、依然として意識不明の重態です」

気持ちが急速に萎《しぼ》んでいくのがわかった。そのときドアが開いて飲み物が運ばれてきた。

「では、その人が意識を取り戻して供述を始めたら、裁判を止めることはできるんですね？」

従業員の女の子が出ていくのを待って小麦は言った。

「可能性は充分にあります。事件の全容解明に大きく近づくことは確実ですから。ただ、実行犯が中尾雄大である、ということの証拠になり得るのかどうか、裁判所がそれをどう判断するのかについては微妙なところで……」

なにか、奥歯にものが挟まったような言い方に聞こえた。

「では、もしもその人が、意識が戻らないまま亡くなってしまったら？」

「別の証拠を探すだけです」

「………」

やっぱりわたしはこの裁判から逃れることはできないんだ。じゃあ、どうやって裁判を戦えばいいっていうの？

「あの、東雲の目撃者を証人として呼ぶことを検討してはみたんですが……」

小麦は、その件に関する津川との遣り取りを話した。

「ええ、それについては東京地検も大いに懸《け》念《ねん》していまして……」

三村の表情が曇った。

「かなりリスクの高い賭けになる。そう見ています」

「ですよね……」

「かと言って他に有効な材料がない以上、我々にはあなたがそれをしようとするのを止める権利はない。全てあなたの判断に委《ゆだ》ねる。そう覚悟を決めました」

そう簡単に委ねられても、そんな危険な賭けに踏み切れるわけがないじゃないか。小麦の全身を、絶望感が覆《おお》っていくような気がした。

「それから、菅原道春のほうなんですが……」

三村が言った。ああ、そうだった。それを忘れていた。

「どこにいたんですか？」

「小菅《こすげ》の東京拘置所にいました」

「えっ？」

「住所不定無職の前科十八犯。人生の半分以上を刑務所で暮らしてきた男です」

「…………」

そりゃ見つからないはずだわ。小麦は他人《ひと》事《ごと》のようにそう思った。

6

京急本線を人形町《にんぎょうちょう》で日比谷《ひびや》線に乗り換え、そのまま直通で乗り入れている東武《とうぶ》スカイツリーラインの小菅駅に到着したのは、朝の十時を過ぎたころだった。

東京拘置所まで一〇分ほどの道のりを歩く小麦の足取りは重かった。なぜ、民事の、遺産相続の案件なのに、拘置所に向かわなければならないのか。菅原道春が見つかったという喜びなんて前科十八犯という素晴らしすぎる肩書のパワーに搔《か》き消されてしまっている。

ゴリゴリの犯罪者じゃないか。なんでこんなことになっちゃうの？　菅原道春さえ見つければ全て解決だと思われたこの案件は、まだまだ多難な前途しか予想できなかった。

緊張しまくりで椅子に座って待っていると、やがてアクリルの仕切板の奥のドアが開いた。

「おはようございまーす」

元気な声で言いながら入ってきた菅原道春は、満面の笑みを浮かべていた。小麦は絶句した。

てっきり凶悪な人相の大男が入ってくるものと思い込んでいたのに、そこにいたのは商店街の惣菜《そうざい》屋さんでコロッケでも揚げていそうな、人の好さそうなおじさんだった。

「国選の先生ですね？　お世話になります。どうぞよろしくお願いしまーす」

両手の指を伸ばして太腿《ふともも》にピッタリとつけ、腰を折って深々と頭を下げる。礼儀正しいというよりも、刑務所での所作が染みついている、といった印象だった。

現在五十三歳のはずだが、見事に禿げ上がった頭と皺《しわ》の多い顔のせいで、六十歳を過ぎているように見える。

「あの、弁護士の杉浦と申します」

慌てて起ち上がると小麦は言った。

「いやー、こんなに若くて可愛らしい女の人に弁護人になっていただけるなんて、感激です」

ニコニコと椅子に座りながら菅原が言った。小麦も再び腰を下ろして、

「いえ、あの、わたしはあなたの弁護人ではありません」

「え？」

「わたしは、あなたの従兄弟《いとこ》に当たる山本宏典《ひろのり》さんからの依頼で、あなたを捜していたんです」

「やまもとひろのり……？」

「あなたのお母さまの、お兄さんの、息子さんです」

そして、遺産として残された土地の相続人の一人であることを簡単に説明した。

「するってえと、俺にカネが入るってことかい？」

急にざっくばらんな口調になって菅原が言った。

「ええ、その土地を売却すればおカネが入ります」

「いくら？」

「実際にどの程度の金額で売れるのかによりますが、土地の評価額は二億円ほどだと聞いておりますので……」

「に、二億!?」

「それを二人の相続人で折半して、税金を払った残りということになります」

「そ、そんじゃ俺、金持ちになっちゃうの？」

「はい、お金持ちです。それに天草のお祖父《じい》さまの、菅原道之介氏の遺産もありますし……」

「そっちはいくら？」

「まだわかりません。すぐに確認しておきます」

「いや、すげえよ。よくぞ俺を見つけてくれたなぁ、……あ、ありがとうございました」

菅原の眼が潤《うる》んでいた。

「俺の、クソみてえな人生に、こ、こんな日が来るなんてなぁ……」

「もう永久に見つからないんじゃないかと心配で、ちょっと裏ワザ使っちゃいました」

「ありがとう。あんたじゃなきゃ見つけてくれなかったよ。神だよ。あんた神だよ」

「では、相続に関して、わたしを代理人として雇っていただけますか？」

「もちろんだよ。そのついでに、こっちもお願いできねえかな？」

と、人差し指を床に向ける。拘置所にいる、という事態のことを言ってるのだろう。

「なにやったんですか？」

小麦は、無意識に声を潜《ひそ》めて訊ねた。

「今回の件に関しちゃ、俺は全然悪くないんだよ」

菅原は笑顔で言った。前科十八犯の言葉に説得力はゼロだった。

「俺は昔の知り合いに会いに行くところでね、錦糸町《きんしちょう》の駅前でタクシーに乗ったのよ。そしたらちょっと走ったとこで運転手が路肩に車を駐めて降りてきて、俺を無理矢理引きずり降ろして、殺す、って喚《わめ》きやがんのよ」

「え？」

「なんか顔に見覚えがあんな、って思ってたらなんと、そいつは何年か前に俺がちょこっとカネを騙《だま》し取った相手だったんだよね」

「…………」

「元は町工場の二代目社長でさ、結構羽振りも良かったんだけど、いまじゃ工場も潰れちまってタクシードライバーになってやがったのよ。よりにもよって仮釈《かりしゃく》中にそんなタクシーに乗り合わせるなんて、よくよく俺もツイてないよね？」

同意を求められても、コメントのしようがない話だった。

「まぁ俺を恨《うら》む気持ちもわからねえじゃねえけど、殺す、なんて言われたって、その件じゃもう刑務所《ムショ》で償《つぐな》いを終えてきてんだからさぁ、間尺《ましゃく》に合わない話だよね？」

「で、どうしたんですか？」

「だからそいつを突き飛ばして運転席に飛び乗って、タクシー転がして逃げちゃった」

「それだけ？」

「そうだよ。タクシーで二百メートルぐらい走って乗り捨てた。それだけなんだよ」

　これはどのくらいの罪になるのか。緊急避難と言えなくもないのではないだろうか。

「そしたら何日かして競馬場で職質受けてさ、手配されてたらしくてそのまま逮捕されちまってさぁ、なんの容疑だ、って訊いたらなんと、タクシーを奪い、初乗り運賃の四二〇円を奪った、強盗容疑だって言うんだぜ。信じられるかい？」

「…………」

「俺はいままでずっと、パクられたら素直に罪を認めてきたよ。サツと揉《も》めたってなんにもいいこたぁねえからな。だけど今回ばかりは納得がいかねえから否認したんだ。当然だろ？　なのに前科があって否認事件だからってんで、国選の弁護人も決まらなくってさぁ……」

　でしょうね。なんせ前科十八犯だし。

「こんなんで仮釈を取り消されて残りの弁当喰わされんのも割りに合わねえし、なんとか助けていただくわけにゃあいきませんかね？」

「わかりました。どこまでできるかわかりませんが、最善を尽くします」

「あ、ありがとう！　やっぱりあんたは神だ！　俺の女神さまだよ！」

「私選の弁護人ですから、ちゃんと報酬はいただきますよ」

「カネなんかいくらでも払うよ。どうせあんたがいなけりゃ入ってこなかったカネだ。けどそれだけじゃ足りねえ。俺は、俺の、この感謝の気持ちを伝えたいんだ！」

人からカネを騙し取るタイプの常習犯罪者の熱い想いに、どう応えればいいのかわからない。

「わたしを、騙してないですよね？」

「騙さねえよ！　女神さまを騙すわけがねえだろ？　そもそも俺はね、そらぁたくさんの人間を騙して生きてきたけど、弁護人だけにはウソをつくな、って教わってからはずっとそれを守ってきてんだからさぁ……」

「へえ、誰に教わったんです？」

「いままで何度もお世話になった弁護士の先生だよ。刑事にいくらウソをついたっていい、検事にだってウソをついていい、だが弁護人にウソをつくと地獄に落ちるぞ、ってね」

「素晴らしいお言葉ですね」

「今回もその先生に頼めればよかったんだけど、何年か前にパクられて、いまはムショん中なんだよね……」

「えっ？」

「その先生は悪党の味方だって思われてたから、きっと検察が事件をでっち上げてハメやがったに違いねえんだ。俺はそうだと信じてるね」

「それってもしかして、磯……」

「磯村先生のこと知ってんのかい？　あの人はすげえ人なんだよ。俺がこの世で唯一尊敬できる人なんだ。あんたもそう思うだろ？」

「…………」

わたしの父です、とは言い出せなかった。


小麦は、菅原道春と連署した弁護人選任届を携《たずさ》えて東京地検に向かった。担当の田中《たなか》検事は、弁護人が決まったことに安堵《あんど》している様子だった。

「この内容で強盗罪はないんじゃないですか？」

捜査報告書を読み終えると小麦は言った。

「被害者とされているタクシードライバーが、自らの意思で車を停め、被疑者を車から降ろした時点で、タクシーの乗車契約は一方的に破棄されていますよね？　初乗り運賃四二〇円の支払い義務は存在しないんじゃないですか？」

「我々は契約の破棄ではなく、一時的な中断と捉《とら》えていますが……」

五十前後の真面目そうな風貌の田中検事は言った。

「あの、以前お目にかかったことがありましたかな？」

「いいえ。それから被疑者がタクシーを二百メートルほど移動させたのは、タクシードライバーから、殺す、と言われ恐怖を感じたからであり、緊急避難に該当するのではないですか？」

「いや、被害者は、殺すとは言っていない、と……。やっぱりどこかで会ってますよね？」

「だったら被疑者がタクシーを二百メートル移動させた動機はなんなんでしょう？　その行為によって被疑者はなにを得たと仰しゃるんです？　四二〇円ですか？」

「失礼ながら、あなたは経験が足りない。ああいった常習犯罪者というような連中はね、往々《おうおう》にして我々の理解の及ばない行動に走るものでしてね」

「いやいやいや、逆に十八回もの逮捕、勾留、裁判を経験してきた、いわばベテランがですよ、仮釈放期間中に四二〇円を節約するために強盗なんてやると思いますか？」

「あ、そうだ！　あなた、横浜の事件の……」

田中検事は、ようやく腑《ふ》に落ちた、という顔をしていた。

「ええ、そうです。わたしは経験が足りないド新人ですが、警視庁と東京地検の思惑のせいで、踊りたくもないのに下手な踊りを踊っています」

「………」

「もういいかげん舞台から降りるきっかけを探していたんですが……」

「いや、あの……」

「東京地検がわたしの依頼人にこんな酷《ひど》い仕打ちをするのなら、わたしにも覚悟があります」

「いえ、ちょっと待って下さい。検討します」

「なにを検討していただけるんですか？」

「いまはなんとも言えませんが、ちょっと上と相談しまして、検討させて下さい」

「わたしはこの案件は不起訴が相当だと思料《しりょう》いたしますが、起訴猶予でもギリ許してあげます」

「………」

「では、よろしくご検討下さい」

小麦は椅子から起ち上がると、丁寧に頭を下げた。

東京地検がある霞が関の中央合同庁舎第六号館を出ると、丸ノ内線で東京駅に移動した。まず構内の駅弁屋 祭に行ってみる。賛否両論弁当は前回食べたので、きょうは二番目にお気に入りの、ひっぱりだこ飯《めし》にした。陶器の壺にぎっしり詰まった真蛸《まだこ》と穴子と季節の野菜がご飯と絶妙の相性で、やみつきになる旨さだ。

次にみどりの窓口に行き、一三時〇三分発の東海道新幹線〈ひかり〉五一三号で、静岡までのチケットを購入する。

わたしは、なにをしようとしているのか？　小麦は思った。だが、すでに動き出してしまっていた。とりあえず、先のことは考えないことに決めた。

7

一時間ほどで着いたＪＲ静岡駅を出ると、すぐ目の前のバス停から、こども病院線の静岡神経医療センター行きに乗った。二十分ほどバスに揺られてから下足洗《しもあしあらい》で降りる。そこから周囲が畑だらけの田舎道を五、六分歩くと静岡刑務所だった。

面会受付で所定の用紙を渡され、受刑者の氏名、自分の氏名と生年月日と現住所、受刑者との関係性、面会の目的などを記入して提出し、整理番号票を受け取る。荷物は待合室のロッカーに入れるように言われた。財布も手帳もスマホも全てだという。手ぶらの状態でないと面会室には入れないのだそうだ。

待合室にはすでに五人の人が座っていた。年配のご夫婦らしき一組と、中年の女性、幼稚園児ぐらいの女の子を連れた若い女性だ。順に人が減っていき、やがて小麦の番号が呼ばれた。

面会室に入る際に、係の職員からボールペンとメモ用紙を渡される。椅子に座って待っていると、ほどなくアクリルの仕切板の先のドアが開いた。担当の刑務官とともに父親が入ってくる。元弁護士の磯村 麦は、小麦がかつて一度も見たことがない坊主頭で、少し痩せていた。磯村が仕切板越しに小麦の正面に座ると、刑務官は壁際の離れた場所に腰を下ろした。

「元気そうだな」

磯村が言った。小麦は黙って頷《うなず》いた。全くサイズが合っていない、くたびれきった緑色の上下を着させられている父親に、なんと言葉をかければいいのかわからない。

「小麦が弁護士になったときに、俺が弁護士じゃなくなってるなんて、思いもしなかったな」

磯村が笑顔で言った。それは苦笑でも自嘲の笑みでもなく、屈託のない、と言ってもよさそうな笑顔だった。

「どうだ？　弁護士って仕事は？」

「全然楽しくない」

小麦の応えに、磯村はフッ、と笑いを漏らした。

「それは、お前がまだ楽しみ方を知らないからだ」

「………」

小麦は、なぜ楽しくないのかを、どう説明すればわかってくれるだろう、そう思った。まともに説明を始めれば、それだけで三十分の面会時間が終わってしまいそうだった。

「説明はしなくていい。知ってるよ」

小麦の心を読んだかのように磯村が言った。

「え？」

「先週、俺の主席弁護人を務めてくれた友人が面会に来た。小麦ちゃんが大変なことになってるぞ、ってな。お前の初めての刑事事件について、詳しく教えてくれたよ」

「どうせわたしのことを、バカだ、って言ってたんでしょ？」

「俺は、小麦が面会に来てくれるのを心待ちにしてたんだ。父親としてじゃなく、弁護士の先輩としてアドバイスがしたくてな……」

「では、アドバイスをお願いします」

「まず、お前は正しい。そのことを自覚しろ」

「なにが？」

「無罪を主張することがだ。このケースで無罪を求めない弁護人はクソだ」

「どうして？」

「弁護人を欺《あざむ》くような被告人は、地獄に落としてやらなきゃならんからな」

「地獄に、落とせるの？」

「それは、小麦次第だ。俺なら落とせる」

「教えて。どうやればいいの？」

「ダメだ。教えない」

「え？　どういうこと？　だったらアドバイスの意味ないじゃん」

「違う。アドバイスというのは答を教えることじゃない。答の見つけ方を教えるんだ」

「………」

「もし俺が答を教えたら、お前はそれを実行しないだろう。そして裁判に負ける。お前が自分で答を見つけたら、お前はそれを実行して裁判に勝つ」

「わかった。……少なくとも、勝つ方法はあるってことね」

「ああ」

それが、あるのかないのかわからないで探すよりも、ある、とわかっているものを探すほうが見つけやすいに決まっている。

「そしてそのやり方は一つじゃない。お前にできるやり方を見つけるんだ」

「どうやったら見つけられる？」

「まず、敵の戦術を分析しろ」

「敵ってのは被告人？　それとも検察？」

「今回は検察は敵じゃない。ただの野次馬だ。戦う相手は被告人と被害者と目撃者。この三人の悪党どもだ」

「だよね……」

「悪党どもの戦術は間違ってはいない。もし殺人現場で目撃されたＡという男が、俺はそのとき仲間のＢとＣと酒を飲んでいた、と言い、ＢとＣがそれを裏づけたとしても、そんなものは仲間三人で口裏を合わせているだけだ、と警察も検察も歯《し》牙《が》にもかけやしない」

「たしかに……」

「だが同じく三人が口裏を合わせているだけなのに、Aを加害者に、Bを被害者に、Cを目撃者にして刑事事件にすれば、警察も検察もすんなりそれを受け入れる」

「………」

「なぜだ？」

「犯行を自供した被疑者は、真実を語っている、という思い込みがあるから？」

「そうだ」

「被害者の証言は真実である、という思い込みがあるから？」

「そうだ」

「仲間に不利益な証言をする目撃者は、真実を語っている、という思い込みがあるから？」

「そうだ」

「加害者と被害者と目撃者の供述が一致していれば、確実に有罪にできるから？」

「そうだ」

「敵の戦術は間違っていない。その結果、テッパン中のテッパンの、有罪確実な裁判になった。それで？」

「だが悪党どもは、それが、間違ってはいない、という理由で戦いの場に法廷を選んだ。それが間違いなんだ」

「え？」

「リングの上で戦えば、奴らはお前を秒殺するだろう。だが法廷は、お前のフィールドだ」

「法廷には、司法修習生のときにしか入ったことないんですけど……」

まだリングの上のほうが、少しは勝ち目があるような気がした。

「それでも、お前は法廷で好きなように振る舞える。悪党どもにはなにもできやしない。お前が望まないかぎり、悪党どもには発言の機会すら与えられないだろう」

「でも、法廷には彼らの供述調書があるわ。これは重要な証拠よ」

「だが、その内容は単なる口裏合わせだ。いまでは誰も信じちゃいない。その程度のものに過ぎないんだ。違うか？」

「………」

磯村の言っていることはわかる。だが、それが自分にどう役立つのかがわからない。

「なぁ小麦……」

呼ばれて視線を上げると、磯村は優しい笑みで小麦を見つめていた。

「裁判で無罪を得る、というのは、ボクシングのタイトルマッチのようなものだ」

この人は昔からボクシングが好きで、なにかと言えばボクシングで例えたがる。

「チャレンジャーは、勝たなければチャンピオンになれない。しかしチャンピオンは、負けさえしなければ王座を防衛できる。そしてお前はチャンピオンの立場なんだ」

「引き分けでいいってこと？」

「そうだ」

言ってる意味はわかる。検察側は、合理的な疑いの余地なく被告人の犯行である、と立証できなければ有罪判決は得られない。対して弁護側は、被告人が無実であると証明する必要はない。

「疑わしくても有罪とまでは言い切れない。そういう状況に持ち込めれば無罪ってことね？」

「そうだ。……では、被告人が犯行を自供しているのに、それでも有罪とまでは言い切れない、というのはどういう状況だ？」

「被告人の供述の信用性？」

「違う。被告人の供述がデタラメなことぐらい、日本中の誰もが知っている。被害者の供述も、目撃者の供述もな。いまさらそこを攻めても、なにも動きはしない」

「じゃあなに？」

「まだ時間はある。じっくりと考えてみなさい」

「えっ？　これで終わり？」

「俺は、小麦に、自分の頭で考えてほしいんだ」

「そんなこと言って、アドバイスを小出しにして何度も面会に来させよう、ってつもりじゃないでしょうね？」

「俺は、これだけのアドバイスで小麦が答を見つけ出して、二度と面会には来ない、ってことのほうが嬉しいけどな……」

父親は、優しい笑みで言った。小麦は自分が恥ずかしくなった。

「ごめんなさい……」

「小麦、謝る必要はない。お前はなにも悪くないんだ」

「…………」

「まだ面会時間は残ってる。他に話しておくことはないか？」

「菅原道春って人、知ってるよね？」

「ああ、前科十六犯の男か？」

磯村は怪《け》訝《げん》な顔で言った。

「いまは前科十八犯」

磯村が声を上げて笑った。小麦も少し笑った。

「どうしてお前があいつを知ってる？」

「いまはわたしが彼の弁護人よ」

「ほお」

「お父さんのことを、この世で唯一尊敬できる人だ、って言ってた」

「あいつの言うことは信用できないな」

また二人で少し笑った。

「お父さん……」

「ん？」

「お父さんは、本当に悪いことをしたの？　菅原道春さんは、検察にハメられたんだ、俺はそうだと信じてる、って言ってたけど……」

「ああ、悪いことをした」

「……」

「だがそれは、法に触れない悪いことだった。俺は法の隙間《すきま》を突いたんだ。法改正がなされないかぎり、警察も検察もなにも手出しができない。そう確信してたよ」

「じゃあ、なぜ？」

「検察はよほど腹に据えかねたんだろう。法改正を待たずに、法解釈の拡大だけで乗り切ろうと強引に立件した。そして俺以外の逮捕者を司法取引で寝返らせ、全員にウソの証言を強要して、俺一人に的を絞ったデタラメな裁判が行われた」

「そんな……」

「だから、俺のことを嫌っている弁護士たちまでもが参加する大弁護団が、手弁当で戦ってくれたんだ。結果として裁判には負けたが、地裁や高裁の判事たちや、上告を棄却した最高裁のほうが間違ってる」

「……」

「俺は法律ではなく国家権力に負けた。だがそのことを恨《うら》んじゃいないし、後悔もしてない」

「どうして？」

「俺は、無実ではないからだ」

そう言って磯村は肩を竦《すく》めた。小麦には、父親がどのくらい正しくて、どれほど間違っていたのか判断のしようがなかった。それからはしばらく母親のことや兄のことを話題にした。

「そろそろ時間です」

壁際の刑務官が言った。

「あの先生がああ言ったときは、残り二、三分ってことなんだ」

磯村が微笑む。

「じゃあ最後に、もうちょっとだけヒントをくれない？」

小麦は言った。

「そうだな……」

「また会いに来てあげるから、ね？　お願い」

「水掛け論だ」

「は？　……水掛け論って、あの、言った言わないとかのヤツ？」

「ああ。お互いに主張を曲げないから、いつまで経っても平行線のままだ」

「うん」

「どちらかは正しいことを言っていて、もう一方は間違ったことを言っている。あるいはどちらも間違ったことを言い続けている」

「うん」

「当事者の二人はどちらも自分が正しいと思い込んでいる。あるいはどちらもウソをついているのかも知れない。だが周囲の誰にも、どちらが正しいのかは永久にわからない」

「その状況が、引き分け、ってことね？」

「ああ」

「時間です」

刑務官が起ち上がった。磯村が起ち上がる。小麦も起ち上がった。

「頑張れよ、小麦」

そう言って背中を向けた父親は、そのままドアの向こうに消えた。

閉じたドアを、小麦はいつまでも見つめていた。

Komugi's Court

第4章

小麦の戦い

1

「はい、柾木です」

社長からの電話がかかってきたのは、四月中旬の午後だった。

「仕事がある」

「へえ、早いですね。当分依頼は受けないって言ってたのに……」

「依頼じゃない。トラブルが発生した」

「相手は？」

「ロシアのクソ野郎どもだ。あいつら調子に乗っていやがる。そろそろウチを嘗《な》めるとどういうことになるか、教えてやる頃合いだ」

「ガツン、といわせるんですね」

「ああ。だが中尾はあんな状況だし、俺もケンもサツにマークされてる。お前に、一人でやってもらうしかない。どうだ？」

「任せて下さいよ。相手は何人です？」

「おそらく一人。だが、元兵士かロシアンマフィアだ。その両方かも知れん。用心しろよ」

「フッ、俺を誰だと思ってんです？　殺しちまっていいんですね？」

仕事の電話にはアシのつかないトバシの携帯を使っているので盗聴の虞《おそ》れはない。

「あすの夜、午前零時に南本牧《みなみほんもく》のＴＡＡで話をつけることになっている。そいつの死体を人目につく場所に晒《さら》しとけ」

「なるほど。お前がメッセージだ、ってヤツですね」

柾木の口元に笑みが拡がる。

「報酬は三百。もし先方が複数だった場合は、現場の状況に合わせて増額する」

「了解です」

これで会話は終了だ、そう思ったが津川の言葉は続いた。

「ついでに、一つ仕掛けをしておきたい」

「ほう」

「東雲の銃を使ってくれ」

「え？」

「面白いことになると思わんか？」

柾木は笑い声を上げた。

「楽しいじゃないですかぁ」

「郵便受けを見ろ。すぐに前金は振り込んでおく」

「了解しました」

電話が切れた。

柾木の自宅アパートの郵便受けには小振りなダンボールの箱が入っていた。部屋に戻ってガムテープを剝《は》がして箱を開くと、ステンレス製のリボルバーと、ロシア人と落ち合う場所を記《しる》した南本牧埠《ふ》頭《とう》近辺の地図のプリントアウトがあった。

リボルバーはＳ＆Ｗ　Ｍ65の３インチブルバレルで、黒いラバー製のオーバーサイズグリップが装着された精悍《せいかん》なルックスをしている。

シリンダーを振り出すとフル装弾されていた。エジェクターロッドを軽く押して尻を浮かせたカートリッジを一個摘《つま》み出す。Ｍ65は・３５７Ｍａｇを使用するリボルバーだが、現在装弾されているのは六発全て・38ＳＰＬだった。銅で被甲していない、先端が平らな鉛弾頭のタイプだ。

この銃から発射された弾丸を喰らったロシア人の死体が発見されたら、どういうことになるのか。東雲の殺害現場で発見された弾頭と全く同じ旋条痕が残る弾頭が、横浜港で見つかった新たな死体から摘出されたとしたら……。

事件は警視庁と神奈川県警の合同捜査となり、捜査が大いに混迷することは間違いない。

東雲の事件の実行犯だと見られている中尾が拘置所にいるあいだに、同じ銃を使った殺人事件が新たに発生すれば世間の見る目はどう変化するのか。もしかすると東雲の事件も、中尾の犯行ではないのではないか、そういう見方が生まれる可能性は充分にある。間近に迫ってきた中尾の傷害事件の裁判でも、裁判員たちに少なからぬ影響を与えるのではないだろうか。

さらに、新たな死体がロシア人だということになれば、捜査陣は東雲の被害者である安東たちとロシアの繋がりまでをも調べなければならなくなる。見当違いの方向に捜査が迷走していくのは目に見えていた。

面白い。柾木はまた笑みを浮かべた。

本心では、柾木は東雲の件で中尾に死刑になって欲しかった。柾木にとって中尾は邪魔な存在だからだ。数年前に匿名で警察にタレコミをしてみたこともあったが、不発に終わっている。中尾は排除したいが、津川には無傷でいてもらわなければならない。そこが難しいところだ。今回、中尾のためにひと役買うことになってしまうが、それは津川や柾木自身の身の安全のためでもある。まぁいい。いずれ仕事の現場で中尾を始末するチャンスはあるだろう。

関内駅を出てすぐのＱストレージ横浜関内店に着くと、柾木は出入り口のドアの脇のパネルにセキュリティカードを当て、キーパッドに暗証番号を打ち込んで入館した。

Ｑストレージの店舗はビル一棟が丸ごとトランクルームになっていて、郊外型の屋外コンテナタイプのトランクルームと比べて、セキュリティや温度・湿度管理が徹底している。

エレベーターに乗って四階に上がる。ここでもセキュリティカードが必要だった。ユーザーが契約している階にしか停まらないシステムになっているからだ。

ゆったりした廊下を進み、契約している部屋の前に立つ。扉にはＱストレージから提供された複製が不可能だとされる南京錠がかかっている。解錠して3.3畳の室内に入った。

普段使わない物を詰めたダンボール箱が十個ほどと、半透明のプラスチック製の衣類ケースが六個壁際に積んである。冬用のコート類を掛けたハンガーラックや、小さな折り畳みのデスクと椅子も置いてあった。

衣類ケースの一つを開けて、黒のキャンバス生地のボストンバッグと、ボディアーマーを取り出す。ＳＰＣ（スケーラブル・プレート・キャリアー）と呼ばれる、アメリカ海兵隊で採用されていた防弾ベストだ。軍用としては小銃弾を阻止できるセラミックプレートを挿入して使用するものだが、今回は拳銃弾なら全て阻止できるソフトアーマーのみで充分だ。これで胴体の前面・側面・背面をカバーすることができる。

ボストンバッグにボディアーマーを突っ込み、さらにダンボールの一つから取り出した双眼鏡を入れる。ボッシュの10×50ミリのレンジファインダーだ。

続いてハンガーラックの脚元に置いてあった米軍放出品のアモカンを持ち上げ、デスクの上に置いた。ＯＤカラーの鉄製の弾薬ケースの中には、これまで仕事の際に敵から奪ってきた拳銃が七丁と、それぞれの弾薬のケースが入っている。

蓋を開けてグロックを取り出した。Ｇｅｎ《ジェネレーション》４のＧ17だ。９ミリ弾を17発装弾できる。

今回の仕事では津川から渡されたＭ65を使うことになっているが、不測の事態に備えてバックアップ用に多弾数の自動拳銃《オートマチック》を装備しておきたかった。

弾倉《マガジン》を抜いて、スライドを何度か往復させる。作動は快調だ。次にジーンズの背中側に挿《さ》していたＭ65を抜き出し、シリンダーから全ての弾薬を取り出して作動のチェックを行った。こちらも状態は完璧だった。そして二丁の銃にフル装弾した。

南本牧埠頭のＴＡＡ横浜は、業者専用の大規模なトヨタ系中古車のオークション会場だ。海外からも多くの業者が頻繁《ひんぱん》に訪れている。だがオークションが開催されない日はその一帯は閑散としていて、深夜の時間帯ともなると歩行者はおろか一台の車も通ることのない地域だった。

仕事の際に使用している、未登録の中古車に偽造ナンバープレートをつけた型遅れのフーガで南本牧はま道路を走り、南本牧廃棄物最終処分場の前で右折する。

周辺には建物らしい建物もなく、目に見えるのはだだっ広い道路と果てしない空、フェンスの金網越しに無限に続くかのようにびっしりと並べられた中古車の群れ、その先に林立する巨大なクレーン、さらにその先の南本牧大橋ぐらいのものだった。

ＴＡＡの正面ゲート前、と指定したのが津川なのかロシア側なのかは知らないが、ここでならどれだけ銃を発砲しても、誰にも見られることも銃声を聞かれることもないはずだ。

柾木は約束の午前零時よりも一時間早くやって来た。待ち伏せされるのを避けるためだ。もし先方がそれよりも早く来ていた場合は、そのまま車で通過してやり過ごせばいい。まさか相手を確かめもせずに、いきなり車めがけて撃ってくることもないだろう。

　ゆっくりとＴＡＡの正面ゲートの前を通過する。周囲のどこにも待ち伏せの気配は感じられなかった。そのまま百メートルほど進んでUターンし、道路脇に積み上げられたコンテナの陰に車を停めた。助手席のボストンバッグからレンジファインダーを取り出し、ＴＡＡの正面ゲートに向ける。ピントを調節すると、街灯の光の中に白い門柱がくっきり像を結んだ。辺りはひっそりと静まり返っている。

　ボディアーマーはすでに身につけていた。その上に濃紺のナイロン製のウインドブレーカーを着ている。ジーンズの腹側にはリボルバーが挿してあった。ボストンバッグからグロックを取り出し、スライドを引いて初弾を薬室に送り込んでからジーンズの背中側に突っ込む。

　戦う準備はできた。これからは待機の時間だった。柾木は煙草に火をつけ、カップホルダーのアイスコーヒーを飲んだ。ときどきレンジファインダーを覗き込む。

　ボストンバッグの中で携帯が鳴り出した。取り出して見ると、画面に表示された番号から誰がかけてきたのかわかった。

「柾木です」

「中止だ」

　津川が言った。

「え？」

「先方が詫《わ》びを入れてきた。未払いのカネも、今夜全額払うそうだ」

「つまんねえな。……こっちはもう現場で待機してんですがね」

「誰かが連中に忠告したらしい。それで急に態度を変えてきたってわけだ」

「せっかくの仕掛けができなくなってもいいんですか？」

「まぁしょうがない。カネだけ受け取ってきてくれ」

「あの、前金はやっぱ返さなきゃいけないんですよね？」

「当たり前だ。そのうちこの埋め合わせはする」

「わかりましたよ……」

　電話を切った。一気にテンションはダダ落ちだった。やって来たロシア野郎が、もし生意気な態度を取りやがったら撃ち殺しても構わねえんじゃねえか。そう思った。だが、津川に中止だと言われた以上、どうせカネはくれないんだろうな、そうも思った。


　ロシア人は時間通りにやって来た。一台のセダンが正面ゲートの前に静かに停まった。レンジファインダーを覗く。車内には一人しか乗っていないようだ。柾木はギアをＤ《ドライブ》に入れ、フーガを発進させた。正面ゲートに近づいていく。先方のセダンと十メートルほどの距離まで近づいたところで車を停める。

　セダンの運転席のドアが開き、男が降りてきた。兵士のように髪を短く刈り込んだスラヴ系の顔をした大柄な男だ。黒のレザージャケットを着て、左手には小振りなボストンバッグを提げている。その男がこっちに向かって右手を振った。

柾木は素早く車を降り、男に向かって右手を挙げた。男が柾木のほうに向かって歩き出した。柾木も男に接近していった。

二人の距離が五メートルほどになったとき男が足を止め、なにか言ったが聞き取れなかった。たぶんロシア語なのだろう。そして男は柾木に向かってボストンバッグを放った。反射的に両手で受け止めようとしたが、その先で男が腰を捻《ひね》るのが見えた。柾木の右手がリボルバーの銃把《グリップ》を摑む。その瞬間、銃声が響き骨盤に衝撃が来た。ガクン、と体勢が崩れる。慌ててリボルバーの銃口を向けたとき、二発目の閃光とともに喉《のど》を灼熱の塊が貫《つらぬ》いた。柾木は引き金を引いた。だがその銃弾はアスファルトを抉《えぐ》っただけだった。

柾木は、路上に倒れたまま動けなかった。喉から溢《あふ》れ出た血が肺に流れ込んでいく。もうすぐ窒息するのがわかった。目に見えているのは右手とリボルバーだけだった。

薄れていく意識の中で柾木は思った。津川が望んでいたのは、このリボルバーで撃たれた死体ではなく、このリボルバーを握った死体だったのか。

いまごろになって、そのことに気がついた。

2

「その、柾木、という人物は何者なんです？」

小麦は訊ねた。いつものビッグエコーの喫煙ルームだった。

「五年前まで、警視庁警備部に所属する警察官でした。それ以降は不明です」

三村が言った。きょうは最初から、ものすごくしょげた顔をしていた。

「なぜ、その人が東雲の事件の凶器を？」

「おそらく、中尾の陣営による偽装工作の一部かと……」

「じゃあ、その人を殺したのは津川？　それとも隅田？」

「いえ、その二人には明確なアリバイがありました。津川はその日、青森県に滞在していたことが確認されています。隅田は歌舞伎町のクラブにいました。防犯カメラの記録が残っています」

「…………」

「周辺の監視カメラの映像から、殺害犯が使用したと思われる車輛を特定して追跡作業を行っていますが……」

三村の言葉には力がなかった。

「犯行現場が南本牧埠頭の中古車オークション会場の前なので、当該車輛はすでに船積みされて海外に出てしまっている可能性も……」

だとすれば、やはり津川の日南商会が絡んでいるに違いない。

「まさか、東雲の犯人が実はその柾木って人だった、なんてことはないですよね？」

「我々は、そうは考えていません」

「目撃者の見間違いってことは？　その人、中尾と似たタイプだったりします？」

「年齢や体格は似ていますが、顔は全然違います」

「その人が、左眼に白いコンタクトをしていても？」

「すでに目撃者に確認済みです。柾木の左眼を白く加工した写真を見せたところ、絶対に違う、と二人とも明確に答えています」

そりゃそうだ。東雲の殺人事件の犯人が中尾でないのなら、わざわざ同日、同時刻の傷害事件をでっち上げて偽装する理由がない。

「でも、世間の見方には影響を及ぼしますよね？」

それはつまり、間近に迫った裁判の裁判員たちの見方に、ということを意味していた。

「ええ、……それが津川の狙いなんでしょう」

ということは津川も、小麦以外の弁護人を雇うことに失敗し、裁判員裁判に変更されたことに危機感を募《つの》らせているのかも知れない。そう思った。

「じゃあ、あっちは？　事故で重態だった人。たしか、意識は取り戻したんですよね？」

数日前にその報道を見ていた。三村が頷く。

「木村正剛は供述を始めました。かなり事件の細部が見えてきています。木村を襲った台湾人のグループの一人だけ生き残った男の供述と突き合わせて裏取りを行っています。ただ……」

やっぱりそうきたか……。

「木村の供述は全て、フィリピンにいたときに安東から電話で聞いた、という伝聞《でんぶん》に基《もと》づくものなので、裁判所が証拠と認める可能性は低いかと……」

「では、やはり裁判は止められない、ってことですね？」

「残念ながら……」

三村はいかにも申しわけなさそうな顔で言った。小麦はいまさら落胆なんかしなかった。もうそういうものだと覚悟を決めている。

「大丈夫ですよ。あなた方はよくやってくれています」

小麦は言った。ただの慰めではない。実際、警視庁はがんばってくれていた。神奈川県警が、中尾が全面自供していることに満足して調べもしなかったことを、警視庁の捜査員は自分たちの事件であるかのように徹底的に調べてくれた。そのことには感謝している。

「でも、中尾を無罪にできるほどの材料は見つけられませんでした……」

三村は本当に悔しそうだった。警視庁や東京地検の思惑がどうであったにせよ、この人は悪い人じゃない。そのことは小麦にもわかっていた。

「あとはこちらでなんとかします」

小麦は言った。なんとかできるのかどうかはともかくとして。

「あの……」

三村が顔を上げた。

「もう、そろそろ教えてもらえませんか？」

「え？　なにを？」

「菅原道春は、この裁判にどんな関わりがあるんですか？」

「えー……」

菅原道春は、東京地検の図《はか》らいで不起訴処分となった。すでに自由の身となっている。まさかいまさら無関係だとは言えるはずがなかった。

「べ、弁護側証人として召喚します」

「なにを証言してくれるんですか？」

「えー、津川と中尾、隅田との関係性について、かなり重要な事実を知っているはずなんですがあまり協力的ではないんです。現在も説得中です」

「あの、私になにかできることはありませんか？」

「ん？　どういうことで？」

「その、菅原道春に協力させるようにプレッシャーをかける、とか……」

「どうやって？」

「えー、例えば、強盗容疑での再逮捕もあり得るぞ、というような……」

「ダメです！」

三村を菅原道春と接触させるわけにはいかない。無関係なのがバレてしまうじゃないか。

「菅原道春の弁護人はわたしですよ。わたしの敵に回るんですか？」

「いえ、そんなつもりじゃ……」

三村はますますしょげた顔になった。

「と、とにかく、なにかお願いすることがあれば、改めてこちらから連絡しますので……」

なんとか宥《なだ》めようと、三村のほうに身を寄せる。

「私は……」

三村が項垂《うなだ》れたままで言った。

「私は、あなたの役に立ちたいんです！」

両の拳《こぶし》を握り締めている。

「………」

小麦はその右の拳に左手を重ねた。三村が顔を上げる。慌てて小麦は手を引っ込め、天井近くのスピーカーを眺めた。三村の顔が見れなかった。

わたしは、この人のことが好きかも知れない。

小麦は初めてそう思った。


検察による証明予定事実記載書の提出および、検察官請求証拠の開示を受けて、第一回公判前《こうはんぜん》整理手続が横浜地方裁判所の地裁刑事裁判官第二研究室で行われた。

公判前整理手続とは、刑事裁判における争点ならびに証拠を整理、限定して公判の審理を迅速かつ計画的に行うための制度だ。裁判員裁判では必ず実施する決まりになっている。

それは、本来裁判員裁判となるのは、死刑か無期懲役の求刑が予想される重大事件に限られているからだ。しかし今回のように世間の注目を浴びる事件であり、なおかつ一般の国民の感覚が求められるケースについては裁判員裁判になり得る。その結果、通常なら必要とされない公判前整理手続が行われているのだ。

「弁護人のご意見は？」

富坂裁判長が言った。きょうは二人の陪席裁判官も顔を揃えている。

「甲一号証の被告人の通常逮捕手続書、甲二号証から甲四号証の実況見分調書、甲五号証の医師の診断書については同意いたします。それ以外は、全て不同意です」

小麦は言った。

「え？　被害者の血がついたタオルもですか？」

横溝検事が言った。

「ええ。それは被告人中尾雄大の自宅アパートから押収されたものですので不同意です」

小麦はそう答えたものの、自分が言ってることが正しいのかどうかはわからなかった。

「それでは、弁護側の主張予定事実について伺いましょうか」

裁判長が言った。

「えー、被告人中尾雄大は、他人の罪を被って自供したものであり、被害者の隅田賢人ならびに目撃者の津川克之は、被告人と口裏を合わせている、というのが弁護側の主張です」

小麦は言った。心臓がバクバクしていた。

「では、被告人は誰の罪を被っているのか……」

陪席裁判官の一人の、三十代半ばの伊藤《いとう》判事が言った。

「実際の加害者は誰なのか、特定される予定なのでしょうか？」

「いえ」

隅田を殴って怪我をさせたのは津川である、と限定してしまうと、津川が真犯人であることを証明しなければならなくなる。そんなことは不可能だし、冷静で余裕たっぷりの津川が「自分はやってない」と語る姿を裁判員に見せたいとは思わなかった。

「特定するのかどうかについては検討中です。現段階では、被告人および被害者以外の何者か、ということにさせておいていただきたく存じます」

そう言って小麦は三人の裁判官の表情を見た。裁判長と伊藤判事は手元の書面に目を落としたまま無表情だったが、もう一人の陪席裁判官の、三十前に見える女性の小柳《こやなぎ》判事は、小麦と目を合わせて頷いてくれた。

なんとかこの人を、小麦と年齢が近いこの女性を味方につけたい。強くそう思った。

「では、その身代わり犯人説の根拠を、どのように法廷に示すおつもりですか？」

裁判長が言った。

「えー、四名の証人尋問を予定しております」

とりあえず多めに言っておいた。

「証人の詳細につきましては、次回の公判前整理手続までに書面で提出いたします」

「それぞれの証人の尋問の趣旨は？」

伊藤判事が言った。

「全て、被告人ならびに被害者と目撃者の、供述の信用性を問うものになります」

小麦の言葉に裁判長が顔を上げた。

「検察官、ご意見は？」

「然《しか》るべく」

横溝検事はそれだけ言った。検察官がよく口にする「然るべく」という言葉は、「特に意見はありません。裁判所のほうで然るべくご判断下さい」という意味らしい。

「あの、弁護人にお訊ねします」

初めて小柳判事が口を開いた。髪の毛を後ろで一つにまとめメタルフレームの眼鏡をかけた、図書館の司書さんとかが似合いそうな理知的で控えめな印象の女性だ。

「弁護人の言われるように、仮に被告人と被害者と目撃者が口裏を合わせているのだとすれば、弁護側証人の証言を三人がかりで否定することになるはずです」

その通りだった。小柳判事の発言は続いた。

「それが単なる水掛け論にならないよう、弁護側証人の信用性を担保する材料を弁護人はお持ちなのでしょうか？」

水掛け論。それが小麦にとっての問題の核心だった。

被告人の中尾雄大が「私がやりました」と言い、被害者の隅田が「中尾に殴られた」と言い、目撃者の津川が「中尾が隅田を殴るのを見た」と言う。そこにはなんの水掛け論も生まれない。だからといって、弁護側証人が「Aである」と証言し、中尾と隅田と津川が「Aではない」と反論したところで、そんな水掛け論にはなんの意味もない。

では、この場合の意味のある水掛け論とはなんなのか。そもそも、水掛け論に意味があるのかどうかはともかくとして、「Aである」という主張に対しては「違う。Bだ」と反論してこその水掛け論なんじゃないの？　そんな気がした。

そのとき不意に、あるフレーズが頭に浮かんだ。思わず「あ！」と声に出していた。

「弁護人、どうしました？」

裁判長が言った。

「えっ？　あ、えー、あの、ただいまのご質問に関しましては、えー、その、次回までに回答を準備して参りますので……」

早くいまの思いつきを誰かに相談したかった。もちろん一番相談したいのが父親なのは間違いないのだが、きょうは金曜日で、いまから行っても面会時間に間に合うわけがなかった。

また小柳判事がなにか発言していたが、小麦はなにも聞いていてはいなかった。

刑務所の面会は土日祝を除く平日の午後四時までと定められている。いまのこの衝動を月曜日まで三日間も保留にしておけるわけがない。

かと言ってまともな弁護士である蟹江先生に相談するのは憚《はばか》られるし、真面目な警察官である三村に相談するようなことでもない。

あ、そうだ！　菅原道春だ！

被告人として十八回もの刑事裁判を経験している彼なら、きっといい相談相手になってくれるに違いない。

早くも、小麦の心は走り出していた。

3

そして、とうとう初公判の日がやってきた。〈事件番号（わ）第三〇八号 傷害事件裁判〉は、本日午前一〇時一〇分より横浜地方裁判所 四〇三号法廷で開かれる。

早朝からＴＶ各局の情報番組は、この話題で持ちきりだった。傍聴券を求める希望者が長蛇の列を作っているのだという。現場からの中継では呆《あき》れるほど多くの報道陣がスタンバイしている映像が流れていた。

横浜拘置支所の表で小麦が取り囲まれたときの比ではなかった。あのときの何倍ものマスコミ取材班が蠢《うごめ》いている。ゾッとした。怖い怖い怖い。

ＴＶを消すと、小麦は部屋着とは別のジャージをクローゼットから取り出す。ジャージの上下を着て、プーマのランニングキャップを被り、顔は白の超立体マスクで覆《おお》った。

大きなナイロン生地のリュックを背負《しょ》って、スニーカーを履《は》いてアパートを出た。こんな姿でなら報道陣の前を通り過ぎても、まさか弁護人だとは思われまい。

作戦は上手くいった。マスコミに邪魔されずに裁判所に駆け込んだ小麦は、トイレでリュックから取り出したライトグレーのスカートスーツに着替え、靴を五センチヒールの黒のパンプスに履き替えた。鏡の前で髪の毛にブラシを入れ、メイクを直して、九時半になるのを待って地下の仮監で被告人と接見する。

中尾雄大は、小麦が見ても同じ人物だとは思えないほどに姿を変えていた。

頬は削《そ》げ、眼窩《がんか》は落ち窪み、顔の彫りが深くなったようにさえ見える。だからと言って不健康な印象ではなく、現役アスリートのような精悍《せいかん》さが漂っていた。

髭《ひげ》をきれいに剃り、かなり伸びた髪の毛はきちんとカットされて清潔感のあるヘアスタイルに仕上がっている。体にフィットしたスーツ、糊《のり》の効《き》いたシャツ、地味めのネクタイ。どう見ても真面目そうなサラリーマンの姿だった。

東雲の目撃者を証人として呼ばなくてよかった。小麦は心からそう思った。

だがそんな中尾には、初めて見せる苛立《いらだ》ちがあった。マスコミに騒がれ、裁判員裁判へと変更され、当初の計画通りには進んでいないことを津川や隅田から聞かされているのだろう。

「わたしは、法廷で無罪を主張します」

小麦がそう言うと、敵意むき出しの眼を向けてくる。

「くだらねえ」

中尾が吐き捨てた。

「そのせいで執行猶予はなくなった。裁判が終わったら、俺はお前《めえ》を訴えるからな」

「どうぞ。……でも、無罪になったら訴えることはできませんよ」

「なるわけがねえ！」

「どうして？」

「俺は、罪を認めてんだぞ。有罪以外になにがあるってんだ？」

「こんなショボい傷害事件じゃなく、死刑が求刑されるような殺人事件であなたを裁きたいって思ってる人が世の中にはたくさんいるから、なにが起きるかわからないわ」

「できるもんならやってみろ」

中尾が、人殺しの眼で小麦を睨《にら》み据《す》える。

「ええ。被告人の最大の利益のために、全力を尽くします」

小麦は椅子から起ち上がった。


「起立！」

廷吏《ていり》のよく響く声とともに三人の裁判官が入廷した。法廷にいる全ての人が起ち上がる。中央の席が裁判長で、右陪席が伊藤判事、左陪席が小柳判事だ。裁判官が全員席につくと、一同黙礼して着席する。それからしばしのＴＶ撮影があり、その後三人の刑務官によって中尾が被告人席に連れて来られ、手錠と腰縄が外された。

「では、開廷いたします。被告人、前へ」

裁判長の声に、中尾が裁判長の正面の証言台に進む。

「あなたのお名前は？」

「中尾雄大です」

生年月日、本籍、現住所、職業といった人定質問が終わると裁判長は、

「これからあなたに対する傷害被告事件の審理を始めます」

そして検察官席に顔を向け、

「検察官、起訴状を朗読して下さい」

横溝検事が起ち上がる。

「起訴状。横浜地方裁判所殿。横浜地方検察庁 検察官検事 横溝直規《ただのり》。下記被告事件につき公訴を提起する」

それから被告人の姓名、生年月日、本籍、現住所、職業を読み上げ、公訴事実に進んだ。犯行の発生日時、犯行現場である日南商会の事務所所在地に続いて、

「被告人は、同社経営津川克之（当56年）の面前において、些《さ》細《さい》な口論から同社従業員隅田賢人（当27年）に対し拳《こぶし》で顔面を数回に亘《わた》って殴打し、同人に加療約四週間を要する鼻骨骨折の傷害を負わせたものである。罪名および罰条、傷害罪、刑法第二〇四条」

そそくさと読み終えた横溝検事が着席すると、裁判長が中尾に言った。

「被告人には黙秘権があります。裁判を通じて終始黙っていることもできますし、個々の質問についても答えたくない質問には答えなくて構いません。ただし、あなたの発した言葉は、有利か不利かを問わず証拠となります。ご理解いただけてますね？」

「はい」

「では、いま検察官が読み上げた事実に間違いはありませんか？」

「間違いありません」

「では、弁護人のご意見は？」

裁判長が被告人席の後ろの弁護人席に視線を向ける。小麦は起ち上がり、

「被告人は他の人物の罪を被っております。従って無罪です」

そう言って着席した。

「それでは審理に入ります。被告人は席に戻って下さい」

裁判長に言われて席に戻る際に、中尾がチラッと小麦に眼を向けた。微かに笑っていた。

「それでは検察官、冒頭陳述をどうぞ」

「検察官が証拠によって証明しようとする事実は、次の通りです」

横溝検事が起ち上がり、冒頭陳述要旨を読み上げる。

「被告人は飲酒、酩酊の上、些細なことに腹を立て、自らが勤務する会社の同僚に暴力を振るい鼻の骨を折る怪我を負わせました。被告人は罪を認めており、被害者ならびに目撃者の供述とも一切の食い違いはありません」

それだけ言うと横溝検事は椅子に腰を下ろした。驚くほど素《そ》っ気《け》ない冒頭陳述だった。検察官が本気で有罪を取りにいっていないのはあきらかだった。

「それでは弁護人の冒頭陳述をどうぞ」

裁判長の言葉に小麦は起ち上がった。音が聞こえそうなほど心臓が激しく暴れていた。大きく息を吸い込んでゆっくりと吐き出す。そして裁判員たちに向かって話し出した。

「弁護人が主張する事実は以下の通りです」

三人の裁判官の両脇に三名ずつ並んでいる裁判員たちは、真剣な眼で小麦を見つめていた。

「本件被害者が殴られ、怪我を負った事実については検察官の発言の通りです。ですが、被害者を殴ったのは被告人ではありません。被告人は本当の加害者を庇《かば》っています。そのためやってもいない罪を認め、身代わりで罰を受けようとしているのです。そして被害者と目撃者も、被告人と協力して、実際に起きた事件とは違う事件に作り変えたのです」

自分の発言が、裁判員たちの脳に染み込むのを待って、さらに続けた。

「被害者が、事件発生当時にその現場にいたことは、一一〇番通報時のＧＰＳのデータから確認されています。目撃者も、通報から九分後には、駆けつけた警察官によってその現場にいるのが確認されました。ですが、被告人がその日、その時間帯に、その場所にいたのかどうかについては、被害者と目撃者がそう証言しているだけで、それを裏付ける客観的な証拠は、なに一つ存在しません。それ以外の目撃者もいなければ、防犯カメラの映像もありません」

そこで小麦は傍聴席に眼を向けた。検察官側の最前列に津川と隅田が座っている。

津川は眼を閉じていた。鼻のプロテクターがなくなった隅田は小麦を睨《にら》みつけていた。

「つまり、被告人がその場にいたのか、いなかったのかだけではなく、被害者と目撃者と被告人の他に、何者かがいたのか、いなかったのかも確認はできないのです」

裁判員たちに眼を戻して続けた。裁判員の、少なくとも二人が頷《うなず》いてくれたのが見えた。

「では、被告人はいったい誰を庇っているのか。ここではそれに言及するのは避けますが、裁判の進行とともに、自《おの》ずとあきらかになるものと考えております」

そう言って小麦は椅子に腰を下ろした。

「本件では、本日の公判期日に先立って、裁判所、検察官、弁護人の三者で、争点と証拠を整理する手続きを行っておりますので、その結果をこれからこの法廷であきらかにします」

裁判長が言った。

「先ほど検察官と弁護人が話しましたように、本件では、被害者が事件当時に犯行現場において素手で顔面を殴打され、怪我を負った事実については争いがありません。そこでこの裁判では、被害者が怪我を負ったのは被告人によるものなのか、それとも、被告人以外の何者かによるものなのかについて審理を行います」

そして、裁判所によって通常逮捕手続書、実況見分調書、医師の診断書、一一〇番通報記録、現場臨場（届出受理）報告書が証拠として採用されたことが告げられた。

「証拠調べの順序として、まず甲号証の証拠の説明を聞き、その後、被害者の証人尋問、目撃者の証人尋問、続いて乙号証の説明を聞いて、そのあと弁護側の立証に移ります」

甲号証、乙号証というのは検察官が提出する証拠のことで、甲号証は捜査機関が作成した書面や被害者・目撃者の供述調書など検察官が犯罪事実を証明するために用いる証拠が広く含まれている。乙号証は被告人に関する証拠で、被告人の供述調書や、戸籍謄本、前科調書などがこれに含まれる。

「それでは証拠調べの手続きを始めます。検察官、どうぞ」

横溝検事が起ち上がる。簡潔に各証拠の要旨を説明し、被害者隅田賢人の供述調書と、目撃者津川克之の供述調書を読み上げる。小麦が当人から直接聞かされた内容と変わりはなかった。

「それでは、隅田賢人さんから証人として話を聞きます」

裁判長が言った。廷吏の案内で、隅田が証言台に移動した。

「証人には、ウソを言わないという宣誓をしていただきます。宣誓書を読み上げて下さい」

「良心に従って真実を述べ、なにごとも隠さず、偽りを述べないことを誓います」

「質問には記憶の通り答えて下さい。わざとウソを言うと、偽証罪、という罪で処罰されることがあります。では、検察官どうぞ」

「証人にお訊ねします。本年二月二十三日の午後四時ごろ、あなたは、勤務先である日南商会の事務所において、殴られて怪我をしましたか？」

「はい」

「そのときあなたを殴った人物は、いま、この法廷にいますか？　いるのであれば、その人物を指差して下さい」

「はい、います」

隅田が、証言台の右側の被告人席に座っている中尾を指差した。

「この人です」

「なぜ殴られたのか、理由はなんだったのですか？」

「酒に酔っていたので覚えていません」

「以上です」

横溝検事が着席した。

「では弁護人、反対尋問をどうぞ」

裁判長が小麦に言った。小麦は起ち上がり、

「当証人に対する反対尋問は、弁護側立証の際まで留保いたします」

そう言って着席する。

「わかりました。では、津川克之さんから証人として話を聞きます」

津川が証言台に移動し、宣誓を行った。

「検察官、どうぞ」

「証人にお訊ねします。本年二月二十三日の午後四時ごろ、あなたは、自身が経営する日南商会の事務所において、被告人が隅田賢人さんを殴って怪我をさせるところを見ましたか？」

「はい、見ました」

「被告人は、何回殴りましたか？」

「私が見たのは三回です」

「殴ったあと、被告人はどうしましたか？」

「隅田がトイレに逃げ込んで警察に通報したことを知ると、中尾は首にかけていたタオルで拳《こぶし》の血を拭《ぬぐ》いながら事務所を出ていきました」

「被告人が殴った理由について、なにか知っていることはありますか？」

「ありません」

「以上です」

「では弁護人、反対尋問をどうぞ」

「えー、あなたは、事件当日、何時ごろから犯行現場となった事務所にいたのですか？」

「朝の、九時過ぎぐらいです」

「では、被告人はその日、何時ごろからいたのですか？」

「覚えていません」

「なぜ、覚えていないのですか？」

「私はずっとパソコンに向かって仕事をしていたので、時計を見ていません」

「でも、おおよその時間ぐらいはわかりますよね？」

「おそらく、午後になってからだと思います」

「では、被害者の隅田さんは何時ごろからいましたか？」

「覚えていません」

「なぜ、覚えていないのですか？」

「……」

正面の裁判長のほうを向いていた津川が、僅《わず》かに顔を動かして小麦を見た。

ゾッとするような眼をしていた。

4

「証人、弁護人の質問に答えて下さい」

裁判長が言った。津川が正面に向き直る。

「私は、従業員がいつ事務所に来て、いつ出ていったかを気にしたことがありません」

「でも、おおよその時間ぐらいはわかるんですよね？」

小麦は言った。

「わかりません。いつの間にかいた、という印象です」

津川は、言質《げんち》を取られまいと言葉を選んでいる。そう思った。

「では質問を変えます。その日、隅田さんが事務所にやって来たのは、被告人よりも前ですか？　あとですか？」

「中尾……、被告人のほうが先に来ていました」

「被告人と隅田さんは酒を飲んでいましたか？」

「わかりません。従業員がなにをしていようと関心がありません」

「なぜですか？　経営者でありながら、会社の事務所で従業員が昼間から酒を飲んでいるのに、なぜ気にしないのですか？」

「私がそういう性格だからです」

「事件が起きたとき、被告人と隅田さんがいたとされる応接セットのテーブルには、酒のボトルやグラス、あるいはビールの空き缶などが並んでいたのではないんですか？」

「見ていません」

「あなたは、なにも見ていないんですね」

「事件は目撃しました。それ以外のものを見たと言った覚えはない」

津川の語気が強まった。

「終わります」

小麦は腰を下ろした。裁判長が検察官席に眼を向け、

「検察官、再尋問はありますか？」

横溝検事が起ち上がる。

「ありません」

「では津川証人は退出していただいて結構です。検察官、乙号証を説明して下さい」

横溝検事が乙号証のそれぞれの書証について要旨を説明していく。どれも裁判に影響を及ぼすものではなかった。そして被告人の供述調書の全文を朗読して着席する。その供述調書の中でも隅田がその日、何時何分に事務所に来たのかは言及されていなかった。

「それでは弁護側の立証に移ります。弁護人、どうぞ」

裁判長が言った。小麦が起ち上がり、

「仲川《なかがわ》 学《まなぶ》さんの証人尋問を行います」

「仲川証人は来ていますか？　はい、では証言台へどうぞ」

二十代に見える制服警官が証言台に立ち、宣誓を行った。

「まず、あなたの所属する部署を教えていただけますか？」

小麦は言った。

「はい。神奈川県警金沢警察署地域課に所属する巡査です」

仲川巡査は緊張ぎみに、しかしハキハキと答えた。

「あなたは、本年二月二十三日の午後四時三十一分に、本件犯行現場である日南商会の事務所に臨場しましたか？」

「はい、その通りです」

「その際に、犯行現場には誰がいましたか？」

「はい、被害者の隅田さんと、目撃者である津川さんがいました」

「他には誰もいなかった？」

「はい、二人だけでした」

「そのとき犯行現場には、二人の人間が酩酊するほどに酒を飲んでいた痕跡がありましたか？」

「いいえ、私は見ておりません」

「酒のボトルやグラス、缶ビールなどはなにも？」

「はい、私は見ておりません」

「ありがとうございました。終わります」

「検察官、反対尋問はありますか？」

裁判長が言った。

「ありません」

横溝検事は中腰で答えてすぐに座った。

「証人は退出していただいて結構です。弁護人、次の証人を呼びますか？」

小麦はリーガルパッドに眼を落として、

「はい、藤田《ふじた》友梨奈《ゆりな》さんを尋問いたします」

「藤田証人、証言台へどうぞ」

二十歳ぐらいに見えるギャル系の女の子が証言台に立ち、宣誓を行う。

「あなたの、ご職業を教えて下さい」

「飲食店で働いてます。ぶっちゃけガールズバーです」

「あなたは、本件被害者の隅田賢人さんと面識がありますか？」

「あります。わたしが勤めてるお店によく来てくれるお客さんです」

「あなたは今年の二月二十三日に隅田さんを見ましたか？」

「見ました。上大岡《かみおおおか》のヨドバシで」

「それは、ヨドバシカメラ マルチメディア京急上大岡店ですね？」

「はい、そうです」

「それは、二月二十三日で間違いないですか？」

「はい、その日はママの、いえ、わたしの母の誕生日だったので、プレゼントにちょっと高級なドライヤーを買いに行ったんです。そこでケンちゃんを、……隅田さんを見かけました」

「隅田さんを見たのは何時ぐらいでしたか？」

「えー、午後の三時半ぐらいです」

「そのとき隅田さんに声を掛けましたか？」

「いいえ、わたしが上りのエスカレーターに乗っていると、下りのエスカレーターにケンちゃんがいるのが見えたんで手を振ったんですけど、気づいてくれませんでした」

「ありがとうございました。終わります」

「検察官、反対尋問をどうぞ」

「ありません」

「では、藤田証人は退出していただいて構いません。弁護人、次の証人は？」

「はい、ではここで、被害者隅田賢人さんへの反対尋問を行います」

「隅田証人、証言台へどうぞ」

隅田が苛立たしげな足取りで証言台に立つ。宣誓は省略された。小麦は弁護人席のテーブルの上の、小さなデータカードが入ったジップロックの透明な証拠品袋を取り上げる。

「ここに、先ほどの藤田証人の情報に基づいて発見された、ヨドバシカメラ京急上大岡店の防犯カメラの記録データのコピーがあります」

証拠品袋を高く掲げ、法廷内に示す。

「こちらを、弁一号証として法廷に提出いたします」

小麦は裁判長の席まで歩いて証拠品袋を提出し、弁護人席に戻った。

「ただいまの、弁一号証のデータ内の一フレームを拡大した静止画を、本法廷のモニターに表示する許可を求めます」

「検察官、ご意見は？」

「然るべく」

「では、モニターに画像を映して下さい」

法廷の両脇には、検察官席の背後の壁と弁護人席の背後の壁にそれぞれ65型の大型モニターが設置され、裁判官と裁判員の前には15型の小型モニターが並んでいる。

小麦はラップトップのパソコンを操作してモニターに画像を表示した。その画像には、あきらかに隅田賢人だとわかる人物が写っていた。そして画面の隅のタイムコードにより、その時刻が15時39分27秒であることがわかる。

「では隅田証人にお訊ねします。現在モニターに映っているのはあなたですか？」

「似てますね」

「似ているが、自分ではない、と？」

「いや、俺です」

「では、あなたは本年二月二十三日の午後三時三十九分に、ヨドバシカメラ京急上大岡店にいたことを認めるんですね？」

「まぁ、そういうことになるんだろうねえ」

「いたんですか？　いなかったんですか？　明確に答えて下さい」

「……いました」

「では横浜市港南区上大岡西一丁目にあるヨドバシカメラ京急上大岡店から、横浜市金沢区福浦《ふくうら》三丁目の日南商会まであなたが移動するのに、どのぐらいの時間がかかりますか？」

「三十分ぐらい……」

「三十分以内に到着することは可能ですか？」

「いや、最低でも、三十分以上はかかるだろうね」

　怒りを顔に滲《にじ》ませながらも、隅田は素直に認めた。実際にどれだけ時間を要するのか、こちらがすでに検証済みであり、その結果を法廷に示せることを察したのだろう。

「本件起訴状には、事件発生時刻が、午後四時ごろ、と記載されていますが、被害者のあなたが犯行現場に到着したのは、早くても午後四時九分以降だった、と捉《とら》えてよろしいですか？」

「どうぞ、ご勝手に……」

「あなたが一一〇番に通報したのは、記録によると一六時二十二分です。なんと、あなたが到着してから僅《わず》か十三分後ですよ？」

「…………」

「たった十三分のあいだに、殴られた理由を忘れるほど酔っぱらったんですか？」

「俺は、五分もありゃあ泥酔してみせるぜ」

「そしてあなたは通報後、警察官が臨場するまでの九分間で、お酒やグラスをきれいに片づけたというわけですか？　鼻の骨を折られて血が流れ続けている状態で？」

「…………」

隅田は無言で小麦を睨《にら》みつけていた。小麦は真っ直ぐにその眼を見返した。

「証人は、弁護人の質問に答えて下さい」

裁判長が言った。隅田はチッ、と舌を鳴らして、

「わかったよ。……酒は飲んでない」

傍聴席に響《どよ》めきが起こった。誰もが興奮を露《あら》わにしている傍聴席で、津川だけが一人静かに眼を閉じていた。

「傍聴人は静粛《せいしゅく》に！」

裁判長が声を張り上げる。欧米の裁判なら木槌《きづち》をガンガン叩きつけていることだろう。傍聴席が静まるのを待って小麦は続けた。

「では隅田さん、あなたは捜査に当たった警察官や検察官に、ウソを言ったのですね？」

「ああ……」

「はっきりと答えて下さい。警察官や検察官に、ウソを言いましたか？」

「ウソを言った」

「終わります」

小麦は素早く腰を下ろした。充分な手応えを感じていた。

「では検察官、再尋問はありますか？」

横溝検事がのろのろと起ち上がり、

「証人は、なぜ捜査機関に対してウソを言ったのですか？」

「俺が殴られた理由を、誰にも言いたくなかったからです」

「なぜ言いたくなかったのですか？」

「俺が、差別を受けたからです」

「ん？　どういうことですか？」

「その日、俺は被告人に、午後四時までに事務所に来るように言われていました。ですが買い物のせいで少し遅れてしまったんです。たぶん被告人は虫の居所が悪かったんでしょう。俺が到着するといきなり怒鳴られて、俺の出自《しゅつじ》に関する差別的なことを言われました。それで俺もカッとなって、あんたの残ってるほうの眼も潰してやろうか、と言いました。そしたら一瞬の間もなくテーブルを飛び越えてきて殴り始めたんです。殺されるかと思いました」

「その、差別的な発言というのがどういうものなのか、差し支えなければ……」

「絶対に言いたくありません！」

「以上です」

横溝検事が腰を下ろした。法廷内は静まり返っていた。

小麦は全身から力が抜けていくのを感じていた。かなりいいところまで行っている、そう確信していた。被害者の証言は信用できない、それを強く印象づけられたはずだった。それは裁判員のみならず、裁判官たちの心も揺さぶったはずだった。

だが、それは水の泡になってしまった。隅田がウソをついた理由を話したことで、却《かえ》って事件にリアリティを与えてしまった。きっと津川が隅田に知恵を授けていたに違いない。

「弁護人、再反対尋問はありますか？」

裁判長が言った。

「ありません」

小麦は腰を浮かせて力なく言った。すぐに椅子に尻をつける。

「それでは隅田証人は退出していただいて結構です」

さらに裁判長は続けた。

「そろそろ昼食休憩の時間なのですが、弁護側の証人も残りお一人だけですので、最後の証人のお話を聞いてから休憩を取ることにいたします。午後は被告人質問から再開し、検察側、弁護側双方の最終的な論告へと進みます」

なんとか最後の証人は、証言台に立たせずに終わりたかった。だが、もうしょうがなかった。

「では、弁護人どうぞ」

小麦はのろのろと起ち上がった。

「菅原道春さんの、証人尋問を行います」

5

微《み》塵《じん》も緊張することなく、慣れ親しんだ様子で菅原道春は証言台に立っていた。

「良心に従って真実を述べ、なにごとも隠さず、偽りを述べないことを誓います」

宣誓書を読み上げるのではなく、完璧に記憶しているフレーズを裁判長の顔を見つめたままで淀《よど》みなく言い放つ。まるで舞台上の役者が、愛の誓いを口にするシーンのようだった。

「え、えー、証人に申し上げておきますが……」

心做《こころな》しか、富坂早《さ》苗《なえ》裁判長の顔が赤くなったように見える。

「質問には、記憶の通りに答えて下さい。わざとウソを言うと、偽証罪、という罪で処罰されることがありますからね……」

「はい。よく心得ております裁判長」

元気な声で言った菅原は、両手の指を伸ばして太腿《ふともも》にピッタリとつけ、腰を折って深々と頭を下げた。

「……では弁護人、どうぞ」

「まず最初にお訊ねします。あなたには前科がありますか？」

「はい。前科十八犯であります。現在も、仮釈放期間中です」

傍聴席が少しざわついた。

「あなたは、被告人と面識がありますか？」

「いいえ。きょう初めて顔を見ました」

「では、被害者の隅田氏とは面識がありますか？」

「はい。一度だけ会ったことがあります」

傍聴席に戻っている隅田が、驚いた顔で証言台を見た。

「では、目撃者の津川氏とは面識がありますか？」

「はい。津川のカッちゃんとは六年前にシンガポールのカジノで知り合いまして……」

ずっと閉じたままだった津川の眼が開いた。その眼は証言台ではなく、小麦に向けられた。

「それ以来、娑婆《しゃば》にいるときはずっと仲良くしてもらっております」

警視庁の捜査員たちが調べてくれた津川の渡航記録と、菅原の渡航歴とを突き合わせて、偶々《たまたま》一致していたのが六年前のシンガポールだった。

「最近、津川氏と会いましたか？」

「二月の半ばに刑務所を仮出所しまして、今後の身の振り方を相談しようと津川のカッちゃんに会いに行きました」

「それは、いつのことですか？」

「二月二十三日です」

傍聴席が、また少しざわついた。

「それではあなたは、本件に関して、なにか知っていることがありますか？」

「はい。被告人は無実です」

一瞬の静寂のあと、傍聴席が大きく響《どよ》めいた。

「傍聴人は静粛に！」

裁判長が大きな声を出した。傍聴席が静まるのを待って小麦は続けた。

「どうして被告人が無実なのですか？」

「被告人は、他人の罪を被っております」

「なぜ、そうだと断言できるのですか？」

「私が、事件の現場にいたからです」

また傍聴席が大きく響めく。だが早く続きを聞きたいからなのか、すぐに静寂を取り戻した。

「では、現場でなにが起きたのか、教えて下さい」

「とにかく津川のカッちゃんってのは頼りになる男でね、しばらくのあいだはウチの会社で面倒見てやる、って言ってくれてね、俺は涙が出そうだったよ」

「日南商会で働くことになったんですね？」

「はい。そしたらそこに、あの隅田って若《わけ》えのがやって来てね、だから俺は、これからは仲間になるんでよろしくな、って挨拶したんだよ。なのにまぁ、失礼な野郎でね……」

菅原は、怒りが蘇《よみがえ》ってきたかのように険《けわ》しい顔になった。

「倍も生きてきてる年長者に対して口の利き方がなってねえんで、さすがに俺も頭にきちまってね、ちょいと礼儀を教えてやったんだ」

「えっ？　どういうことですか？」

「あの若僧をぶん殴って……」

菅原が、傍聴席の隅田を指差した。

「鼻の骨をへし折ってやったよ」

法廷が静まり返った。

「ふ、ふざけんなァ!!」

怒声とともに隅田が起ち上がる。傍聴席が騒然となった。

「静粛に！」

裁判長が声を張り上げる。

「デタラメだ！　こいつはウソをついてる！」

隅田が菅原を指差して裁判長に訴える。

「隅田証人、これ以上不規則な発言をすると退廷を命じますよ！」

「俺は、こんな野郎と一度も会ったことはねえ！」

「退廷を命じます！」

二名の廷吏が隅田の両側から腕を摑み、速《すみ》やかに法廷から連れ出していった。

「菅原証人、あなたは先ほど宣誓をしました」

傍聴席が静かになると、険しい顔で裁判長が言った。

「ウソの証言をすると偽証罪に問われますよ」

「はい裁判長。私《わたくし》は良心に従って真実を述べ、なにごとも隠さず偽りを述べないという誓いを破ってはおりません」

一気に言うと菅原は、両手を太腿《ふともも》にピッタリとつけ、腰を折って深々と頭を下げた。

「では証人は、本心から、本件加害者は自分である、と告白しているのですね？」

裁判長が続けた。小麦は立ったままで、なにもすることがなかった。

「はい。その通りであります」

「ではその告白によって、逮捕・拘束され、刑事罰が科される場合がある、ということを証人は理解されているのですか？」

「はい。なにせ前科十八犯ですから、大抵のことは理解しております」

「ではあなたは、被告人はあなたを庇《かば》っている、と言っているのですね？」

「はい。その通りであります」

小麦は裁判長と菅原の遣り取りを聞きながら、斜め前の被告人席に座る中尾雄大を見ていた。

中尾の表情は見えないが、肩が少し震えているのがわかった。それが怒りのせいなのか、恐怖のせいなのかは判断ができなかった。

「なぜ面識のない被告人が、あなたを庇うのですか？」

裁判長は質問ではなく、追及している口調になっていた。

「津川のカッちゃんが段取りしてくれたんです。隅田のバカが、あれくれーのことで便所に逃げ込んで一一〇番しやがったんで、事件になると、私の仮釈《かりしゃく》が取り消されて刑務所《ムショ》に逆戻り、ってことになっちまうのを不憫《ふびん》に思ってくれたんでしょう。中尾を身代わりにすれば執行猶予がつくから気にするな、って言ってくれて……」

「だったら、なぜいまになって告白する気になったんですか？」

「なんでですかねえ……、やっぱ良心の呵責《かしゃく》ってヤツなんでしょうねえ」

裁判長は、自分が侮辱されたかのように顔を歪《ゆが》めた。

「杉浦弁護人！」

急に小麦に矢が飛んできた。

「これがあなたのやり方ですか⁉」

「どういうことでしょう？　仰しゃっている意味がわからないんですが……」

小麦は言った。仰しゃっている意味はわかっていた。

「こんなやり方は、本法廷を侮辱するにも等しい行為です」

裁判長は怒っていた。

「法廷等の秩序維持に関する規則、に照らして制裁を科すことも検討しなければなりません」

裁判長の脅《おど》しを、小麦は受けて立つことにした。

「わたくしが法廷を侮辱したのであれば、慎《つつし》んで制裁を受ける覚悟はあります。ですが裁判長、わたくしの行為のなにが、どのように法廷を侮辱したのか、その法的根拠をいまここで、明確にお示しいただきたく存じます」

「！」

裁判長は絶句したまま怒りの眼を小麦に据えていた。小麦は眼を逸《そ》らさなかった。

「あの、裁判長！」

横溝検事が起ち上がった。

「なんですか検察官？」

裁判長が検察官を振り返る。

「えー、検察側といたしましては、刑訴法二五七条に基づき公訴を取り消したいと思います」

「えっ!?」

傍聴席が騒然となる。マスコミの人間らしき何人かが、慌てて法廷を飛び出していった。

「検察官、なにを言ってるんですか!?」

裁判長の問いに、横溝検事は平然と答えた。

「ですから、刑事訴訟法第二五七条に基づき――」

「休廷します！」

裁判長が起ち上がる。

「検察官、弁護人、裁判官室へ」

背後のドアに向かう裁判長のあとに、左右の陪席裁判官が続いた。


「杉浦弁護人」

法服のままデスクの奥に腰を下ろした裁判長が言った。

「あなたは、故意に証人に偽証をさせましたね？」

「いいえ。そんなことはしておりません」

小麦は臆することなく言った。

「わたくしも、まさか菅原証人があんなことを言い出すなんて、思いもしませんでした」

「お言葉ですが裁判長、そもそも、なぜ菅原証人の証言が偽証なのでしょう？」

「正直に答えなさい」

「偽証じゃないですか」

「ですから、その法的根拠をお示し下さい」

「…………」

裁判長が黙り込んだ。

「まぁまぁ、もういいじゃないですか」

横溝検事が言った。

「弁護人を責めるよりも、むしろ彼女を褒《ほ》めてやるべきなんじゃないですか？」

横溝検事は、優しい笑みを小麦に向けた。

「杉浦弁護人はよく頑張っていました。そう思いませんか？　しかもそれは、正義を目指すものでした。彼女の姿を見ていて、私は自分が恥ずかしくなりましたよ」

横溝検事が苦《にが》い笑みになって裁判長に向き直る。

「それにね、菅原証人が偽証したと言うのなら、検察側の証人も全て偽証しています。そもそもこんな事件は存在しないんですから」

「杉浦弁護人が頑張っていたことは認めます。しかし、検察官は本当にそれでいいんですか？」

裁判長が言った。

「もちろんです。このまま続けたところで、結果は確実に無罪なんですから。こんな裁判で無罪判決を出されるくらいなら、私は公訴の取り消しを選びます」

横溝検事が言った。

「だってそうでしょう？　弁護人は、裁判員と裁判官に、無罪にしてもいい、という大義《たいぎ》名分《めいぶん》を与えてくれたんですから……」

「…………」

「これまでは、被告人の自供がデタラメだとわかっていても、それを否定するだけの法的根拠が存在しませんでした。しかしそこにもう一人、犯行を自供する人物が現れた。たとえその自供が信じ難《がた》いものだとしても、どうせ真実なんてものは存在しないことは誰もが知っています」

「ええ」

裁判長が頷く。

「裁判員も裁判官も、二つのウソのどちらかを選ばなければならないのなら、正義に向かうほうのウソを選ぶに決まっていますね」

裁判長が小麦に眼を向けた。その表情からは怒りが消えていた。

「では、法廷に戻りましょうか」

裁判長が起ち上がった。

6

法廷に戻って弁護人席に座った。

傍聴席に眼をやると、津川の姿が消えていた。それ以外の傍聴人たちは固唾《かたず》を飲んで裁判長を見つめている。

「検察官より、刑事訴訟法第二五七条に基づく公訴の取り消しの申し出がありましたので検討をいたしました結果……」

裁判長が言った。

「本法廷は、刑事訴訟法第三三九条の一項により、本件公訴を棄却《ききやく》いたします」

本日最大の響《どよ》めきが湧《わ》き上がった。また報道記者らしき何人かが傍聴席のドアから飛び出していく。そして、それと入れ違いに警視庁の河島刑事と、三村刑事が入ってくるのが見えた。

「それでは中尾さん」

被告人席に向かって裁判長が言った。

「あなたは自由の身です。お引取りいただいて結構ですよ」

小麦は裁判官席に向かって深く頭を下げた。それから、横溝検事に向かって深く頭を下げた。

横溝検事も、威儀《いぎ》を正して小麦に礼を返してくれた。

「やってくれたな……」

椅子に座ったまま振り返った中尾が、小麦に言った。

「国選弁護の報酬からすれば、働き過ぎですけどね……」

テーブルの上を片づけながら小麦は言った。

「あんた、レスリングの選手だったんだって？」

中尾は笑みを浮かべていた。

「それがなにか？」

「いや、見直したよ。あんたはガッツがある」

「ありがとう」

六人の裁判員が一列になって法廷から出ていくのに合わせたかのように、河島刑事と三村刑事が近づいてきていた。中尾の前で足を止めると、

「警視庁です」

警察バッジを掲《かか》げて河島が言った。三村が折り畳んだ白い紙を拡げて、

「あなたに逮捕状が出ています」

「ちょっと待った」

中尾が椅子から起ち上がる。

「俺はたったいま自由の身になったんだ。小便ぐらい自由に行かせてくれるよな？」

「念のために言っておくが……」

河島が言った。

「逃亡の虞《おそ》れを考慮して、この裁判所の周囲は二十名の捜査員が取り囲んでいる」

「フッ、好きにしろよ。漏《も》れそうなんで行くぜ」

中尾が歩き出す。小麦に黙礼して、河島と三村があとを追った。次の瞬間、ヒラリ、と傍聴席の柵を飛び越えた中尾が、椅子から椅子へと飛んで出口に向かう傍聴人の群れに飛び込む。悲鳴が上がった。慌てて河島と三村が走り出す。すでに中尾の姿はどこにもなかった。

「ヘッ、往生際の悪い野郎だ」

その声に振り返ると、菅原道春が立っていた。

「姫《ひめ》、お疲れ様でした」

菅原は、報道によって小麦が磯村 麦の娘であることを知ると狂喜し、それ以来、姫、と呼ぶようになった。

「ありがとう。あなたのお蔭です」

小麦は、菅原に抱きついてハグをした。心の底から感謝していた。

「フフッ、俺ごときが姫のお役に立てたんなら、こんなに嬉しいことはないね」

体を離すと菅原は、照れ臭そうにそう言った。

裁判所を出る際にはマスコミに取り囲まれることを覚悟していたのだが、中尾の逃走劇に狂騒状態となったマスコミにとってはそれどころではなかったらしい。

だが、その後のマスコミの取材攻勢を避けるために、小麦と菅原はその日の羽田発の最終便で福岡へと飛んだ。


スマホでネットのニュースをチェックすると、横溝検事は公訴の取り消しに関して、

「捜査機関が把握していない新たな重要証言が飛び出した上は、一旦《いったん》公訴を取り消し、新証言に基づく再捜査を行い、それによって新たな重要証拠が発見された場合に限り、中尾雄大もしくは証人Aを、改めて起訴することもあり得る」

とコメントを出していた。だが、そんな日が永久に来ないことは日本中の誰もが知っていた。

中尾雄大はその後も見つかってはいなかった。後の調べで、法廷を飛び出した中尾は下の階を目指したのではなく、一つ上の階の給湯室の窓から雨樋《あまどい》を伝って逃走したことが判明していた。

事前に裁判所の建物の構造を検討し、脱出ルートを確保していたことと、恐るべき身体能力の為《な》せる技だ、と記事は述べていた。

おそらく、先に退廷させられた隅田が逃走にひと役買っているのだろう。小麦はそう思った。

当然のごとく、津川と隅田も行方を眩《くら》ませていた。全く抜かりのない連中だ。

津川は小麦が使った手を予想していたのではないか。そんな気がした。だからそうなった途端に隅田を退廷させ、それが功を奏したことを見届けて自分も姿を消した。そうなったときに中尾を逃がす手《て》筈《はず》も整えていた。脱出ルートを伝え、必要な道具類や着替えも、どこかに準備がしてあったに違いない。津川とは、そういう人物であるように思えた。

その夜は福岡市内のホテルに泊まって久々にぐっすりと眠った。移動や宿泊の費用は全て小麦が支払った。だがそれらは、後日菅原に経費として請求することになっている。菅原は、いまは文無し同然だ、と言っていたが、いずれ大金が転がり込むのが確実なので気前がよかった。

菅原が相続した目黒区の土地は、小麦が地元の不動産業者に問い合わせてみたところ、二億円というのは相続税のベースとなる路線価の数字で、実勢価格は三億円を越えると見られていた。

小麦はこの土地の相続と売却に関する代理人の契約を、売却益の5パーセントの報酬で菅原と交わしている。菅原は、もっと払う、と言ったのだが小麦は、充分です、と応えた。

山本からは25パーセントが入ることになっている。合計で、売却益の二分の一の30パーセントが小麦の報酬だ。仮に相続税を払った残りが二億円だとすれば、三千万円。すげえ！

翌朝ホテルをチェックアウトするとレンタカーを借りて、菅原の運転で熊本県へと向かった。菅原の強い希望で喫煙車をチョイスする。今度はまともなセダンだった。最高じゃん。

素晴らしいお天気の中、高速道路を二人で煙草を吸いながら、おしゃべりしながらのドライブは快適だった。山の中と海が見える場所を交互に走っていく。

「なんで、高校生のときに家出しちゃったの？」

小麦は訊ねた。

「道之介って祖父《じい》さんは、まぁ元気な爺《ジジイ》でね……」

菅原が言った。

「当時、もう六十を過ぎてんのに妾《めかけ》囲ってて、俺をすごく可愛がってくれてた祖母《ばあ》ちゃんが病気で入院すると、妾ンとこから帰ってこなくなった」

「………」

「そして祖母ちゃんが死んだら、すぐに妾を家に入れやがった。俺は祖母ちゃんが可哀想でね、こんなクソ野郎の世話になんぞならねえ！　そう決めたんだ」

そう言って寂《さみ》しげに笑った。

この人は、常習犯罪者ではあっても悪い人じゃない。改めてそう思った。

高速道路を降りると天草市街を抜けて、また山道を走り、さらに有明海に面した〈タコ街道〉という変な名前の道を走り続けて、ようやく天草郡苓北町に到着した。

故 菅原道之介翁《おう》の邸宅で待ってくれていた古賀スミ子と遂《つい》に対面を果たした。古賀スミ子はやっぱり素敵なお婆《ばあ》ちゃんだった。

「わー、小麦ちゃんね？　むぞらしかぁ！」

と、抱きついてきた。意味がわからない。

「カワイイ、ってことさ」

菅原が小麦の耳元で囁《ささや》く。

この場合のカワイイは、どの意味なのか。そんなことはどうでもよかった。小麦は古賀スミ子を、ギュッと抱きしめた。

そして古賀スミ子から勘米良弁護士を紹介された。勘米良は、もう千年も生き続けている妖怪のようだった。携帯にお茶をかけたことぐらい許してあげよう。そう思った。

勘米良弁護士によると、道之介翁の遺言書により菅原が相続するのは、広大な山林の一部だという。それだけでも売れれば数千万円の価値がある土地だったが、この先百年経《た》っても買い手が現れる見込みはないとのことだった。菅原は鼻で笑った。

だが、その山で林業を営《いとな》む道之介の長男の長男が、「五百万でよければ即金で道春の相続分を買い取る」と申し出ているという。菅原は即座に承諾した。勘米良と小麦とで合意書を作成し、菅原が署名押印する。これで天草での小麦の仕事は終わった。

その晩は菅原家の邸宅に泊めてもらうことになり、古賀スミ子が手料理でもてなしてくれた。豪華すぎる新鮮な海の幸を堪能して食事を終え、あと片づけを手伝っているときに小麦のスマホが鳴り出した。知らない番号からだった。

「はい杉浦です」

廊下に出て電話に応えた。新しい依頼だろうか。そう思った。

「私の声がわかりますか？」

もちろんだった。津川の声だ。

「ええ、まだわたしになにかご用ですか？」

「あなたに対する非礼を詫《わ》びたいと思ってね……」

「詫び……？」

「見事な戦いぶりでした。あなたは素晴らしい弁護人だった。私は、あなたを見くびっていた。失礼な言葉の数々を謝罪しますよ」

「あの、本気で言ってます？」

「もちろん、本気です」

　揶揄《からか》っているわけではなさそうだ。

「だったら嬉しいです。ありがとうございます」

「もしもこの先、私が裁判にかけられるようなことがあったら、そのときは弁護人を引き受けてもらえますか？」

「ええ。……あなたが弁護人にウソをつかない被告人であればね」

「フッ……」

　その笑い声は楽しそうだった。

「そうありたいと願っていますよ。……ではお元気で」

　電話が切れた。

　翌日、せっかく来たとやけん、ゆっくり天草ば見ていって、という古賀スミ子の言葉に甘えて名所を見て廻ることになった。菅原の運転で、古賀スミ子のガイドを聞きながらのドライブだ。

〈タコ街道〉でやたらと目につくたこ焼き屋さんの、塩たこ焼き、がメッチャ美味しかった。

〈天草四郎乗船の地〉の石碑を見ているときに、小麦のスマホが鳴った。メッセージアプリへの着信だった。三村刑事からのメッセージが連投されていた。

中尾雄大を取り逃がしたことの謝罪に始まり、裁判終了の直後に顔を合わせたにも拘《かか》わらず、ひと言の礼も述べていないことへの謝罪が続いていた。

さぞかししょげた顔で打ったんだろうな。そう思った。

それからさらに、裁判での小麦の活躍への称賛と感謝の念が延々と綴《つづ》られていた。だから小麦は、こう返信した。

〈だったら今度こそ、晩ごはんを奢《おご》って下さい〉

三村からの返信は、秒で返ってきた。

7

「わたしがミッチーに頼んだんじゃないのよ」

静岡刑務所の面会室だった。小麦は天草への出張を経て、いつしか菅原道春を、ミッチー、と呼ぶようになっていた。

「思いつきのアイディアを相談してみたら、彼のほうがノリノリになっちゃって……」

「あんな男でも、人の役に立つことがあるんだな」

磯村はそう言って笑った。

「お前との出合いで、あいつの前科が十八犯で止まってくれればいいがな……」

「大丈夫。ミッチーはとってもいい人よ」

小麦は本気でそう思っていた。

「だが同時に、油断してはいけない相手でもある。あの男には、お前に見せていない恐ろしい面があることを忘れるなよ」

優しい表情で磯村は言った。さして心配しているようでもなく、それが、依頼人に接するときの心得であるかのように聞こえた。

「はい。勉強になります」

小麦は言った。そして二人で声を揃えて笑った。

「それで、わたしが出した回答は、正解だった？」

そう訊ねてみた。

「お前は結果を出したんだ。間違ってるはずがない」

磯村は言った。

「でも、お父さんなら違うやり方をしたんでしょ？」

「そうだな、……もしお前に、菅原がいなかったらどうしてた？」

「うーん……」

「それを考えてみればいい。きっとまた、なにか思いつくはずだ」

「うん」

「弁護士の能力というのは、法律をどれだけ知っているかじゃない。自分のやるべきことのために、法律がどう使えるかを考え出せるかどうかだ。これからが本当の勉強だぞ」

「はい」

小麦は、この人からもっともっと学びたい。そう思った。

「刑期はあとどれくらい？」

「一年と四ヵ月ちょいかな……」

「出たらどうするの？」

「わたし、そろそろちゃんとオフィスを借りて、弁護士事務所を起ち上げようと思って……」

「ほう」

「お父さんを、パラリーガルとして雇《やと》ってあげてもいいよ」

パラリーガルとは、法曹資格を持たない弁護士補助職員のことだ。

「どう？」

「俺の給料は高いぞ」

磯村は不敵な笑みを浮かべた。

本書は書き下ろしです

木内一裕（きうち・かずひろ）

1960年、福岡生まれ。

2004年、『藁の楯』（2013年映画化）で小説家デビュー。

2007年『水の中の犬』、09年『アウト＆アウト』（18年自身による監督・脚本で映画化）、10年『キッド』、11年『デッドボール』、12年『神様の贈り物』、13年『喧嘩猿』、14年『バードドッグ』、15年『不愉快犯』、16年『嘘ですけど、なにか？』、18年『ドッグレース』、19年『飛べないカラス』を刊行。

本書が13作目となる。

小《こ》麦《むぎ》の法《ほう》廷《てい》

第１刷発行　2020年11月２日

著者　木《き》内《うち》一《かず》裕《ひろ》
発行者　渡瀬昌彦
発行所　株式会社講談社
東京都文京区音羽２-12-21
郵便番号　112-8001
電話　出版　03-5395-3505
販売　03-5395-5817
業務　03-5395-3615

印刷所／豊国印刷株式会社
製本所／株式会社国宝社

N. D. C. 913 262p 19cm
ISBN 978-4-06-521530-2